童猴宗师

六小龄童 / 著

长江出版传媒 长江文艺出版社

北京长江新世纪文化传媒有限公司

www.cjxinshiji.com

出品

谨以此书献给我的父亲 —— 六龄童

1962 年人民画报社出版、发行海内外的年历（12 张）

1 《生死恨》（京剧）梅兰芳扮演
2 《游园惊梦》（昆剧）俞振飞、言慧珠扮演　陈振祥　摄
3 《梁山伯与祝英台》（越剧）范瑞娟、傅全香扮演　燕烈　摄
4 《宋士杰》（京剧）周信芳扮演　夏道陵　摄

1	2
3	4

1《武松》（京剧）盖叫天扮演　游振国　摄

2《龙凤呈祥》（京剧）马连良扮演　吴寅伯　摄

3《宇宙锋》（汉剧）陈伯华扮演　张福祺　摄

4《三打白骨精》（绍剧）六龄童扮演　李兰英　摄

1 | 2
3 | 4

1《天仙配》（黄梅戏）严凤英、王少舫扮演　郑光华　摄
2《打渔杀家》（京剧）杜近芳扮演　钱浩　摄
3《西厢记》（越剧）袁雪芬扮演
4《关汉卿》（粤剧）马师曾、红线女扮演　陈振祥　摄

序　言

首位中国戏剧梅花大奖获得者

中国戏剧家协会名誉主席　　尚长荣

　　六龄童老师是杰出的绍剧表演艺术家，是我们熟悉、喜爱的"江南美猴王"。六龄童老师的猴戏集人、神、猴于一身，神形兼备，别具一格，是绍剧乃至戏曲史中独树一帜的存在。六龄童老师把自己的一生都献给了他挚爱的绍剧事业，为绍剧的弘扬和发展做出了不可替代的贡献。今年是老师诞辰100周年的日子，我们深切怀念他，更期盼后来者将老师的精神传承，将老师的作品传扬，为戏曲艺术的发展、为绍剧事业的兴旺贡献新时代的力量。

纪念铜刻宗师

六龄童

诞辰一百周年

尚长荣

目 录

四代猴王

缘起绍剧

1. 与戏结缘，根植血脉

　　绍剧起源于我的家乡绍兴市上虞县（现为上虞区），是浙江三大剧种之一。绍剧已有300多年的历史，拥有400多个剧目，最具代表性的剧目是由我的伯父七龄童原始编剧和导演，父亲六龄童、二哥小六龄童等前辈艺术家主演的《孙悟空三打白骨精》。

　　1924年3月16日，父亲出生在绍兴学士街一个商人家庭。据说我的祖先是"堕民"，"堕民"是元末驻扎在南方的蒙古军队的后裔，明清时期，男的主要从事衙役、轿夫、长工、唱道士、吹鼓手等行当，女的主要从事喜娘、傧相等行当，大多都是一些当时社会地位比较低的职业。在古代，他们不被允许与普通平民通婚，被排除在"士农工商"以外，只能聚居生活，不被允许搬家。生活在绍兴的"堕民"，集中居住在绍兴的唐王街、学士街和永福街的三巷内，因此这里也被称为"三埭街"，又称"堕民巷"。在时令节俗、婚丧嫁娶之时，"堕民"中的吹唱道士会被主家请去做祈祷和法事，他们会组织吹打、唱戏、诵经等活动或仪式。唱的戏曲主要是调腔和乱弹，其中乱弹的唱腔以"二凡"为主，"二凡"与秦腔相似，实际上是一种深受蒙古音乐影响的声腔。这也从侧面印证

曾祖父章廷椿，猴王世家第一代美猴王，
被称为"活猴章"

曾祖母王太夫人，上虞道墟人，猴
王世家背后的功臣之一

了"堕民"与蒙古族的渊源。

明清以来，"堕民"一直处于社会底层。直到1911年辛亥革命，"堕民"的社会地位才有了改变。当时，绍兴学士街有一所小学，里面的学生大多是"堕民"的孩子，于是政府把这所学校更名为同仁小学，寓意"堕民"也是我们的同胞之一，没有贵贱之分，以示新社会人人平等。

我的曾祖父母在我父亲很小的时候就去世了，父亲对他们几乎没有印象，只知道祖辈住在上虞县道墟乡（原绍兴府）。我的曾祖父章廷椿和中国千千万万的普通农民一样，善良、勤劳，日出而作、日落而息。他经常在田间地头拿着锄把，戴上木刻的孙悟空脸谱，光着脚演起孙悟空。时间久了，远近闻名，赢得"活猴章"的美名。农忙时，他兢兢业业地打理着庄稼。农闲时，他经营着一家小灯笼店。一辈子与世无争、安分守己，维持着一家人的生计。

我的祖父章益生，1884年生人，属猴，在猴戏的表演上形成自己独

祖父章益生，在猴王世家形成的过程当中，祖父起着无比关键的作用，没有他就没有灿烂辉煌的老闸大戏院，也就没有南派猴王六龄童

特的风格，并赢得"赛活猴"名号，成为绍兴名角，却在一次演出中不小心摔伤了腿，从此再也无法登台。但祖父凭着自己灵活的头脑，走南闯北地做买卖，经营着戏剧用品的生意。他把北方的水绉纱（纱巾）、马鞭等道具运送到南方，卖给绍兴的"乱弹班子"，一来二往，他与梨园行的人便熟络了起来。因为祖父的独到眼光、吃苦耐劳、敢为人先，他很快有了一些积蓄。不甘于做小生意的他，又有了新的想法，他单枪匹马，跑到上海的老闸桥边，开设了一家"老闸大戏院"。虽然这家戏院面积不大而且装修简陋，但它是上海第一家演出绍剧的戏院。这个"名不见经传"的戏院，激发了祖父血脉里的艺术基因，也影响了我们整个家族的命运。

祖父有两房妻室。大房沈安姑（生于1892年12月5日）育有三子二女，分别是章宗汉、章宗尧、章宗华、章月珍、章赛珍。小房周凤仙（生于1898年8月26日）育有二子，分别是我的伯父章宗信、我的父亲章宗义。

祖父的长子章宗汉，娶妻李端玲，育有五子三女，分别为章金良、章金民、章金成、章金葵、章金陶、章云卿、章燕卿、章小卿，以及养子章金炎。

祖父的次子章宗尧早年去世。

祖父的三子章宗华，妻子是胡水云，育有三女二子，分别是章霞卿、章美卿、章娟卿、章金彪、章金强。

伯父章宗信是祖父的四子，小名鹤鸣，生于 1921 年 10 月 22 日，因肠癌晚期去世，卒于 1967 年 9 月 28 日，享年 47 岁。伯父娶妻屈传康，育有四子四女，分别是七小龄童章金元、小七龄童章金云、章金鎏、章金国、章素卿、章秀卿、章苗卿（因患水痘夭折）、章玲卿。

父亲章宗义是祖父的小儿子，小名鹤皋，娶了母亲严茶姑，育有五子三女（生了 11 个，夭折 3 个），分别是章金彦、章金星（小六龄童，16 岁时因患白血病去世）、章金刚（7 岁时因肠梗阻去世）、章金耀、我（章金莱）、章蓉卿、章艳卿、章杏卿。

祖父的长女章月珍，与周永清结婚，育有四女一子，分别是周黎明、周志明、周小明、周乾明、周幸陶。

祖父的小女章赛珍，与王惠林结婚，没有生育。

祖父长期在上海生活，其他人都住在绍兴。伯父比父亲大三岁，祖母周凤仙对孩子们颇为宠爱，养成了兄弟俩争强好胜的个性。

后排左起：章金彦、小六龄童；前排左起：章金耀、我

20 世纪 80 年代全家福

2. 天生之才，懵懂表演

伯父与父亲模样相似，个头也差不多。祖母经常给他俩穿同样的衣服。因此，路人常将他们视为双胞胎。伯父从小就很聪明，善于观察生活中各种有趣的事物，而且学什么像什么。有一天，兄弟俩去上学，伯父突然想到一个主意，他跟父亲商量，与父亲一个装跷脚、一个装瘸腿，试试路人能否看得出来。

两人就这样一瘸一拐地向学校走去，途中偶遇一个成年人，他看到"伪装"后的兄弟俩叹息道："一对挺好看的双胞胎，可惜都是残疾！"兄弟俩听到后，立刻恢复正常，笑着跑开，那人才意识到自己被骗了，也跟着笑了起来。这次成功的模仿可以视为兄弟俩的第一次合作表演。

那个时候，我的伯父活脱脱一个"孩子王"，远近闻名。他总是有各种主意，领着小伙伴们一起做游戏，偶尔还要"排排戏"。当时，绍兴老城有很多石头牌坊，我们家附近就有一个，这个牌坊成了孩子们的"戏院"。伯父每次都扮演"元帅"，父亲和其他孩子则扮演他的"将士"。孩子们把树枝削成刀枪，用嘴打着锣鼓点儿，有模有样地扮演起来，玩得不亦乐乎。只要一放学，这个"戏院"就热闹非凡，孩子们百玩不厌，几乎每天都会重演类似的游戏。

假如遇上迎神赛会，哥俩儿就会拼命地往人群中挤，占据一个有利位置，不错过任何一场表演。迎神赛会的现场总是热闹非常，那些精彩的表演也在他们心里种下了一颗艺术的种子，让他们念念不忘。有一次看完表演，回家后，伯父带父亲去灶房，找来两根柴棍做成高跷。第二天，兄弟俩就开始在家附近练习踩高跷，引来一大群孩子的围观。当时的父亲怎么也想不到，二十多年后，他会在舞台上为观众们表演踩高跷。

这颗艺术的种子在伯父和父亲的心中渐渐地生根发芽。在《孙悟空三打白骨精》中，伯父七龄童、父亲六龄童、二哥小六龄童都有各自精彩的表演

3. 情迷社戏，魂牵梦绕

　　我曾经问过父亲，他小时候对什么最感兴趣，父亲说他当时对读书的兴趣不大，最喜欢和朋友一起做各种游戏，或者去街上看热闹。其中，最令他着迷的是去乡下看社戏。

　　因为祖父常年在外，对父亲管教的时间不多，祖母又较为宠爱孩子，所以父亲在学习上并没有太大的压力。那个年代，小孩子的成长是非常自由的，不像现在，要学这个学那个。我的父亲也是如此。逢年过节，只要乡下有演出，我的父亲必到。若是平时，只要有知名演员来附近水乡表演，他也是一场不落，宁可不去上学，也要闹着祖母带他去看。祖母自是经不起他的软磨硬泡，最终还是会带着他去"过戏瘾"。实际上，祖母也是个戏迷，每当这个时候，她都非常矛盾，一方面她不想因为看戏耽误父亲的学业，另一方面她自己也很想去看戏，真是左右为难。

　　水乡的社戏非常吸引人，一般会在河边搭起一个草台，有的观众站在岸边，有的则站在船头。有钱人家乘坐的是雕花五明瓦大船，大船靠着河边停在舞台前面，船上的人边吃水果茶点边看戏，既享眼福也享口福。舞台的文场更是热闹非凡，叫卖点心、馄饨、油炸豆腐干、甘蔗、瓜子等吃食的摊位数不胜数。摊主们的叫卖声几乎压倒了舞台上演员的唱腔。舞台下还有许多赌博摊位，赌徒激动地大声叫喊，根本没有把台上的表演当回事儿。

那时，绍兴的乡村经常有社戏表演，比如，相公殿、火神庙、包公殿、都泗门外，以及鉴湖岸旁的钟堰头，这些地方的演出都很多。年纪尚小的父亲，经常被大人背着去看戏。到了台下，那里往往已经挤满了人，他不得不骑在大人的肩上看戏。

演社戏都是有名头的，有时是谢神，有时是祭鬼，有时是庆丰收，有时则是消灾。如果有人发了意外之财，就必须请戏班子演戏谢财神。有钱人家如果有人大病痊愈，也要演一台还愿戏，以谢菩萨的护佑。

演戏的理由千奇百怪、名目繁多。不过，演戏的由头不同，戏班的档次也有所差异。庆贺类的戏大多会邀请正规班、名角出演；而一般的祈神、祛灾类的戏，则由角色和行头档次较低的戏班出演。同时，戏台前的标志也因演戏的由头不同而不一样，贴红纸的是庆贺类的戏，贴绿纸的是谢火神之类的戏。观众可以从纸的颜色区分出戏班的质量。不过，无论什么样的戏，总是有很多人看，因为那时候人们除了看戏也没有其他凑热闹的机会，看戏是他们的主要文化活动。

在父亲的印象中，社戏的曲目多是《目连救母》《伐子都》等大戏。刚开始的"夺头戏"是父亲最喜欢看的，这一幕戏的演员出来时不只是坐着唱，还要接连翻几个筋斗，弄大刀、耍花枪，看得人眼花缭乱，忍不住拍手叫绝。进入正剧部分后，如果没有武打场面，父亲就没兴趣看了，坐不住的他转头就跑去小摊儿，买一串油炸豆腐干吃。

禹陵过去常演社戏。去那里看戏仍然要坐船，祖母怕坐船危险不愿意父亲去。但是父亲听朋友说禹陵很好玩，有庙宇和禹王菩萨，即使不看戏也可以去玩玩，就特别想去。有一次，邻居悄悄对祖母说禹王庙下面要演戏，表演的是绍兴大班的名角名戏：林芳锦的《寿堂》、小凤彩的《潼关》，父亲听闻后，不想错过机会，一定要跟着去。没想到，这次坐船遇到了意外，差点船毁人亡。自此之后，祖母便不再轻易同意父亲坐船出行了，这使他失去了很多看社戏的机会。

随着年龄的增长，父亲对社戏的兴趣越来越大，有时他会一个人去较远的乡下看戏，常常看一宿都不知疲倦。对社戏的过度入迷，导致父亲的学业逐渐荒废。那段时间，他的脑子里装满了各种各样的戏剧人物，甚至做梦都是戏里的场景，都是舞刀弄枪的铮铮之声。他羡慕着戏中之人物，渴望着戏里的"将军"收他为徒，教他翻筋斗、竖蜻蜓，更希望有一天能穿着金盔金甲，与敌人酣战一场。如果祖母能在台下看他的表演，那自然是最好不过的了。

父亲这种天真的想法很快变成了现实，但是戏曲人的艰苦，却是他从未想到过的。

4. 上海戏院，梦想启航

上海老闸大戏院原是五丰钱庄的仓库。钱庄的老板孙梅庆是绍兴人，他特别喜欢绍兴大班。有时候为了看戏，他连生意都不做了，还经常作为票友登台客串。为了把绍兴大班带到上海滩，他把自己的钱庄仓库改建为老闸大戏院。后来，祖父接手了全部戏院，孙梅庆落得一身轻闲，继续做他的票友，成了一名德高望重的绍剧传播者。

老闸大戏院位于上海的老闸桥旁，底商是个菜市场，三楼是宿舍，二楼是一个可以容纳 500 多名观众的剧场。大戏院靠近文明大舞台、共舞台、天蟾舞台、更新舞台（即今天的中国剧场），所处地理位置绝佳，也算是当时的"文化中心"，因此来来往往的观众很多。老闸桥的北侧有宁绍帮开办的钱庄、染坊、酱园、咸菜坊等，于是，大戏院顺理成章地成了绍剧爱好者聚集的地方。每到周末，大家摩肩接踵地拥入戏院，连走廊上都坐满了人，真可谓"一票难求"。若是碰到上演新戏，戏院里里外外更是水泄不通。在祖父的精心运营下，在票友们的大力支持下，绍兴大班在上海日渐兴旺起来。

祖父接手老闸大戏院不久，就把伯父叫到上海，伯父的舞台生涯由

六龄童手指这幢房子对儿子说："这房子的二楼原来就是老闸戏院"

这是从旧版的报纸上找到的老闸大戏院的照片，
黑白的斑驳印记，仿佛在诉说着那个时代的故事

此开始。伯父演出的第一部戏是《寿堂》，在剧中他饰演包公。当演到包公要求包兴把生日礼物红蜡烛送上来时，一声套板"啊，包兴呀！"赢得了观众的满堂彩。之后，伯父又在《后朱砂》中扮演刘成美。由于伯父年纪小，祖父为他特制了戏服，使他的扮相更加英俊。伯父当时只有七岁，他凭着一副好嗓子被誉为"神童老生"，被称为"七龄童"，并在戏院的门口贴了特牌。从那时起，七龄童的艺名就流传开来。

　　在老家的父亲听到从上海回绍兴的亲戚朋友不断提起伯父演戏的消息，便吵着要去上海与伯父切磋比较。祖母拦不住父亲，不得不带他去上海，全家人住在老闸大戏院的三楼。父亲从此成了戏院里的特殊观众，每天晚上总是第一个到，最后一个离开。看戏时，人与舞台一样高的父亲总是仰着脖子，一站就是几个小时，看得津津有味，完全不在乎久站的辛苦。虽然父亲很爱看戏，但是祖母不允许父亲学戏。洞悉一切的伯父非常同情父亲，总是暗中帮他过戏瘾，竭尽全力让他也能上台。有一次演《霸王出世》，祖父被伯父说服，同意父亲扮演小霸王的角色。父亲开心坏了，要知道他等这一天已经很久了。化好装的小霸王站在戏台旁准备上场，只听到大人们在旁边说了一句"装得横蛮一些"的话，便鼓起勇气、摆好架势、憋着脸、扭着脖子、有模有样地上了场。果真是"初生牛犊不怕虎"。演出结束后，祖父微笑着将父亲抱起来，父亲的表演得到了祖父的肯定。印刷所的一个工人当场给父亲取了"六龄童"的艺名。第二天的演出说明书上，便有了一个引人注目的新面孔——"六龄童"。之后的几天，父亲接连上台表演了好几场，把他忙得不亦乐乎。

5. 拜师不成，偷偷学艺

绍兴大班是草台班，主要在农村演出，其表演粗糙泼辣，唱腔高亢激昂。它的武戏就像是一场真正的生死搏斗，刀光剑影、气吞山河。

戏院的经历让父亲更深地爱上了绍剧，并想从事这个职业。学艺需要拜师，伯父和父亲都还没有师父。戏班里有吴月楼、赖国友、筱玉昆三位著名的武生，他们都有自己的徒弟。

吴月楼师父家住绍兴柯桥，小名阿海，因为他父亲是摆摊卖烧饼的，所以他在戏班里被称为"麻花阿海"，也叫"海师父"。海师父小时候在小京班学艺，是个功底扎实、值得敬仰的前辈。

有一天，在大家练功的时候，父亲走到吴月楼面前试探着问："吴师父，您能收我做徒弟吗？"吴月楼只是微笑着看了看他，没有回答。

过了几天，父亲在后台看到吴月楼穿着戏服在候场，就再次请他收自己为徒。吴月楼见父亲两次三番地请求拜师，很是真诚，于是抬头思考了一会儿，然后非常郑重地对我父亲说："好吧，你先下个腰给我看看。"

他让父亲站在他面前，他的双腿则顶在父亲的两个膝盖上，然后将父亲的身体向后仰，再向后仰……当父亲的双手触地时，整个身体都变成拱形。谁知这还没完，他继续往里扳父亲的双肩，只听到"咯咯"两声骨头的响声。此时的父亲疼得眼泪都流了下来，但他没有出声，只是默默忍受着，他知道如果想拜师，必须要经受住考验。

下腰结束后，父亲以为通过了考试，谁知吴月楼摇摇头说："小鹤皋，你的腰是'双腰'，比别人的'单腰'还要硬，不适合练功学戏，还是算了吧！"听了这话，父亲忍不住"哇"地一声号啕大哭。此后，戏班里再没有师父敢教父亲练功，更不用说拜师了。

倔强的父亲并没有因此认输。即便他小小年纪，还是很有主意的。他和伯父商量后决定，既然没人收他们为徒，他们就偷偷地拜师，仿佛谁也不能阻止他们学戏的步伐。

从此，每天早晨，当吴月楼、赖国友、筱玉昆分别带徒弟练功时，兄弟俩就站在旁边静静地看着，记住动作要领。等别人练完功后，他们再按照要领练习，由于心里想争口气，因此练得非常努力。

练习"下腰"需要大人的帮助和保护，兄弟俩没有人帮助，他们想了一个好办法：从大门口搬来一条检票员坐的高脚凳，将身体仰在凳子面上，然后让腰背部扣住凳子，再将头、手和脚倒悬起来，用力靠拢。凳子表面坚硬，没有大人的手那样让人感到舒适，但为了练成硬功夫，他们即使吃苦也高兴。"只要功夫深，铁杵磨成针"，父亲那不适合练功的"双腰"，终于在苦练之下灵活柔软了许多。

祖母周凤仙反对伯父和父亲两人演戏，她知道走这条路的艰难，所以，非常心疼两个儿子选择了最难的那条路

纸终究包不住火。祖母还是发现了伯父与父亲偷着练功的事，并狠狠地责骂了父亲，说他没有出息。实际上祖母对父亲很疼爱，不希望他为练功吃苦。为此，有天晚上，祖母还把父亲的练功腰带藏了起来。

父亲暗想：既然哥哥能唱戏并且唱出名堂，为什么我不行呢？我偏要练出来让大家看看！祖母的反对并没有让父亲退缩，没有练功腰带，那就跟伯父共用一条。第二天，父亲和伯父继续练功，他们轮流用一条练功腰带、一条高凳练习。他们从"下腰"开始练习，直到能从高台上翻下"蛮子"，后来，他俩比三个师父的徒弟进步得都快，功夫也练得更好。得知他俩的小秘密后，吴月楼师父感慨地说："嗯，跟师父学的没学会，旁听的却看会了。"

其实，吴月楼师父并非不想收父亲为徒，而是怕我祖母反对，还有就是父亲是班主的儿子，万一出事不好交代。难怪戏班里没人愿意收兄弟俩为徒！那时父亲才意识到祖父的身份和地位并没有给他带来什么好处，反而成为自己学艺的障碍。吴月楼师父是个功底扎实、值得敬仰的前辈，也是父亲心目中的第一个师父。

6. 童子功力，受益终身

演员练功如同学生上学，先要学好各门功课，等奠定了基础再专攻一个学科，得以学有所长。父亲的学艺之路也是如此。一开始，他并没有学习猴戏，也并不知道自己以后会演孙悟空，而是练习各种武艺、学习各个行当。

当时，伯父七龄童已在戏剧界声名远播，从艺之路也得到了祖母的允可。伯父曾向一个来自山东的李师父拜师，学演武戏。这位李师父是个武师，十八般武艺样样精通。伯父与父亲请他担任刀枪棍棒等传统武术套路的启蒙老师，李师父欣然同意。

每天清晨天还没亮，兄弟俩的身影就出现在老闸大戏院的屋顶阳台上。首先，他们练习扎"马步"，每次都要坚持二十多分钟，双腿酸痛得几乎不能走路。李师父对他们非常严格，容不得他们偷半点儿懒，"吃得苦中苦，方为人上人"是常用来勉励他们的话。

然后，他们会练习招式。他们兄弟俩先用木棍、竹刀练功夫，练熟了，就渐渐用起了真刀真枪。伯父与父亲每天需要练习的科目很多，包括三节棍、梢子棍、九节鞭、徒手打、棍术、钢叉及"双刀金枪"等。李师父不仅个子高，而且力气大，要招架他的"招式"，很需费些力气。

李师父用的是真刀真枪，稍不注意就会在皮肤上留下血痕，所以兄弟俩在练习中特别专注，不容自己有一点闪失。正是李师父严格到几近残酷的训练，使得兄弟俩的基本功进步得非常快，而且无意间磨炼培养了兄弟俩的意志，激发了他们勇于进取的精神。祖母最初以为父亲只是在习武强身，也没有多加干涉，这让父亲打下了很稳的童子功，为演戏奠定了坚实的基础。

在学习的道路上，不仅需要良师的指导，还需要益友的帮助。虽然父亲的志愿与祖母的意愿背道而驰，但是他遇到了一个与自己"同病相怜"的戏迷朋友。老闸大戏院斜对面郑德昌五金店里的账房先生是五金店老板的儿子，他是一个戏迷，无戏不看，而且爱交朋友，性情豪爽。他常背着他父亲支钱用于业余爱好。有段时间，他一到下午四点就给我父亲打电话，约着晚上去看戏。看完戏回家的路上，两人边走边讨论对行当、戏路的看法，有时过了家门都没有察觉。第二天早上，两人又如期来到五金店隔壁的小巷，继续练武。他还花了很多钱买刀枪、双鞭、双锤、钢叉等道具，让大家随便练。

郑老板的儿子比父亲大得多，把父亲当成亲弟弟，他不仅为父亲创造了练功的条件，还带着父亲结识了许多像他这样的戏迷。此外，在他的帮助下，父亲还学会了宝剑出入鞘、双鞭、双锤、飞叉等，提高了父亲日后表演的本领，无形中使绍剧的武戏表演更加丰富。

除了好朋友的无私帮助，伯父也给父亲戏曲之路铺砖加瓦。那个时候，伯父经常带父亲去看京剧等各种剧种的《西游记》舞台戏。虽然两人手里的钱不多，每次买的都是位置最次的戏票，但依旧阻挡不了两个少年看戏的热情。在一个大热天，演出结束后，伯父发现父亲不见了，左找右找都找不到，真是急坏了。原来，父亲因为太喜欢这部戏了，偷偷跑到后台去，躲在闷热的后台角落里，近距离地聚精会神地看名角张翼鹏先生的孙悟空扮相。

回家后，父亲躺在蚊帐里，细细回味着张翼鹏先生表演的猴戏，结合之前自己看过的赖国友师父表演的猴戏，越想越入迷，越想越开心，就这样，父亲在心中逐渐埋下了一颗学猴戏的种子。

著名京剧表演艺术家张翼鹏扮演的孙悟空，在父亲的脑海里留下了挥之不去的印象

初上舞台 天赋尽显

1．三个角色，崭露头角

自从扮演小霸王这个角色，父亲在六七年里先后演了三个角色。尽管角色数量很少，但细致记录了父亲的学艺过程，并在父亲的艺术人生中留下了深深的印记。

《苦命女》是老生筱昌顺的成名作。筱昌顺在电影《孙悟空三打白骨精》中饰演唐僧，他精湛的表演技巧与早年精益求精的学艺经历密不可分。筱昌顺在《苦命女》中饰演主角杨鸣皋，著名男旦筱玲珑饰演杨鸣皋的妻子苦命女，我的父亲扮演他们的儿子，我的伯父扮演绍兴师爷。

在《苦命女》里，花花公子抢走了杨鸣皋的妻子，师爷又施计害死了杨鸣皋。杨鸣皋在花花公子的房间里显魂，并让妻子赶紧逃跑。这时苦命夫妻的儿子赶来，看着含冤而死的父亲，泣不成声，并向父亲的冤魂许下誓言，定要替父报仇，随后带着母亲逃出魔爪。

筱昌顺在《显魂》这场戏中唱做非常动人，台词催人泪下，感动了年幼的父亲，他完全忘记了自己是在台上表演，完全沉浸在剧情中，假戏真做了。老演员们对艺术的认真态度，以及专业水平都深深影响着父

电影《孙悟三打白骨精》中，父亲饰孙悟空、伯父饰猪八戒、筱昌顺饰唐僧、傅马潮饰沙僧，老一辈演员在舞台上的敬业态度和专业水准，薪火相传，影响着一代又一代人

亲。此时，父亲懵懵懂懂地意识到演戏必须要有真情实感。

《桃花恨》讲述了一个三兄弟家庭的故事。长兄是个老实人，其妻子与一个和尚勾搭成奸，和尚仗着自己有武功，目无法纪、为所欲为。二哥软弱无能，一向逆来顺受。三弟是个侠客，了解了事情的前因后果，怒不可遏，决定严惩恶棍，最后打败了和尚，并给了他应有的教训。

父亲在戏中扮演三弟，由于有了出演《苦命女》情感戏的基础，他在处理这个角色的时候就有经验了，首先从内心深处认同角色的正义感，体现出性格的疾恶如仇，然后利用李师父教的功夫来塑造角色，把武术融入舞台动作身段里，以展现他的英勇。这样的表演获得了出乎意料的剧场效果，观众看了都纷纷叫好。

在《狸猫换太子》的折子戏中，伯父扮演狄青，父亲扮演韩天化。狄青是忠臣、包公青睐的良将，而韩天化是奸佞、庞吉的女婿，双方是忠、奸两派人物的代表。戏中，狄青和韩天化在御校场比武时，且唱且打，最后狄青杀死了韩天化。在韩天化被杀死的那一刻，父亲用一个干脆利落的动作摔在台上，台下立刻爆发出热烈的掌声。这场戏结束后，父亲演的韩天化被杀死后就成了"死尸"。一个叫"鹅牌"的值台师父从舞台地上抓起"死尸"就走。值台师父（现为舞台监督）负责在不拉幕布的情况下更换场景，将道具等搬入后台。

父亲当时又小又轻，"挺尸"倒地后，也保持着角色状态，值台师父将他提到后台时，台下再次响起掌声。

那时父亲只有十多岁，穿着伯父换下来的戏装，看起来很可爱，特别是在翻几个较高难度的筋斗后，自然引起了观众的兴趣。父亲把偷学的毯子功运用在表演中，无意中呼应了韩天化应有的结局。这种设计符合剧中的场景设定和角色特征，得到了吴月楼等师父们的赞赏。

经过三场演出，父亲崭露头角，戏班里很多人都说他是块演戏的好料子，眼看生米已成熟饭，祖母也就不再干涉。从那时起，父亲正式登台演出。

2. 文武二面、一炮而红

男孩子的声音变化通常在 14 ～ 16 岁，经过换声，才可以看出嗓音良好与否，以及是否有唱戏的条件。如果一个人换声后不再适合唱戏，戏曲界通常称这种情况为"倒仓"，这意味着他失去了吃唱戏这碗开口饭的资格。

伯父 15 岁那年就倒嗓了，当时父亲只有 12 岁。有一天，父亲与伯父共同出演《忠岳传》，伯父扮演岳飞，父亲扮演牛皋。戏一开始，伯父就感到嗓子嘶哑、憋得慌，台下的观众很快开始起哄。接下来，轮到父亲的牛皋出场，父亲想挽回一下失控的场子，放开嗓子唱起来："带领喽啰下山岗，前面就是岳家庄。"这招果然奏效，赢得了听众的满堂彩。

第二天，水牌上挂出了"六龄童"的名字，以往，这三个字只是印在说明书上，现在被挂在老闸大戏院的门口了，还写着"文武唱做二面"的头衔。父亲这次牛皋的戏唱出了名，以后可以演二面了。在绍剧中，二面就是二花脸，另外还有俗称"小丑"的三花脸和"宕四花"的四花脸。

"二面"属于绍剧的一大特色。鲁迅先生专门谈过绍剧中的"二丑艺术"，它分为"文武"两种形式，"文"角语言诙谐，乡土气息浓郁，具有浙江东部农民特有的淳朴、幽默。但当时父亲还不太明白这些，只知道名字挂上头牌就要认真演戏。

伯父倒仓后的第二天，原定上演的《寿堂》临时改为《打太庙》，由已是"二面"的父亲扮演薛刚。薛刚是个正经的二面角色，戏份很重。而戏班的汪筱奎是有名的"二面大王"，《打太庙》是他最拿手的，没人敢与他竞争，这使父亲更加忐忑不安。但是，戏院的演出海报已经贴出来了，退缩是不可能的，还没有记熟台词、唱词的父亲，顾不得太多，只能硬着头皮豁出去。幸运的是，教父亲这出戏的著名二丑艺人彭沛霖师父急中生智，先给父亲简单交代了些注意事项，随后冲进舞台中央的"走台桌"，蹲在桌内，当父亲唱完四句出场诗，抬头看太庙的神像时，彭师父在桌子底下提词说，"上坐皇王唐太祖"，父亲便按着提示唱下去，顺利完成了这场演出。

演出结束后，父亲长出了一口气，从此吸取教训，不再打无准备之仗。此后，演出之前，父亲除了要求自己背熟台词，还多观看前辈的演出，向前辈学习实战技巧。比如《打太庙》这出戏，父亲就花了很多工夫观看模仿汪筱奎师父的表演技巧。多看多学，再根据自己的表演体会，扬长避短，增减一些内容，慢慢形成自己的风格。

在另一部二丑戏《打半山》中，父亲饰演的是张岐。张岐闯入恶尼所住的斗姆阁，踩到机关后，听见和尚在里面喊："拿酒饭来吃！"此时，张岐纳闷，尼姑庵内怎么关着和尚？想到这里，他便决定闯进去看看。恶尼试图制服张岐，她迎上来搭肩时，汪师父以前用的招式是"窜毛"弹开了筋斗。父亲考虑到对方的身份，打算用搭肩代替脚踢，可以舍弃"窜毛"，用"加官"，这样可以更好地表现人物的"有所防备"。同时，父亲还配合剧情出言责骂尼姑："你私造地阴，勾引男子，看我一腿！"

随后，张岐踢下尼姑，脱下外衣，登上高台，稍稍远望，唱完"急急里出回廊，尼僧个个有拳帮"，从一桌半高的"台蛮"翻出山门。这样一翻显现出张岐武功高超，为他后来的打斗胜利做了铺垫。父亲出色的人物设计，帮他赢得了观众的认可。有一次，原定汪筱奎师父表演《打半山》，戏院临场换演员，让父亲扮演张岐，观众没有因为父亲不是"二面大王"而失望，他们看到精彩的地方照例鼓掌喝彩。虽然父亲凭借武打方面的专长丰富了角色的性格，但从二丑艺术水平上来说，汪筱奎师父的演技绝对是独一无二的。汪师父的表演诙谐风趣，且一点都不油滑，动作上有着乡野的粗犷气质，很能展现角色的性格。父亲深知与他相比，还有很长的路要走。

与此同时，父亲在文戏方面努力向名演员请教，并根据自己的嗓音特点不断探索。在《骂关》这出戏中，父亲扮演郭彦威，脚蹬高底靴，身穿龙箭马褂，头顶簪缨帅盔。由于他身材矮小，挂在嘴上的黑髯口飘到了膝盖和脚踝上。父亲装成小大人，极力注意咬字、唱腔——发音清晰、穿透力强，突出了"骂"，显示出良臣的精气神。其中一句是骂李三娘教子不严、纵子作恶的，父亲这样说："哦呵贱婢！贱婢！"当即赢得了观众的喝彩声。

好花还需绿叶衬。父亲不仅经常在他人的戏里扮演一般角色，甚至还扮演过老虎之类的动物。他认为，只有在舞台上与主角沟通，才能体验到旁观时无法感受到的角色情感，等自己再演主角时，就可以更好与对手合作，更有把握与合作者达成默契。除此之外，父亲觉得多演配角可以和同行有更多的相处，让大家知道他不是一个争名逐利的人，也不是一个目中无人的公子哥。

经过很长一段时间的练习，父亲已经可以在传统戏《打半山》《斗姆阁》中独当一面了。他饰演的二面行当张岐,文武兼并,唱作俱佳。有一次,父亲扮演的张岐,假装痴汉,内唱一声"急匆匆假作了痴游汉",一句倒板,引得满堂喝彩声。出场后紧接下句"渺茫茫何处问行踪",又赢得一阵满堂喝彩声。之后,张岐要去半山寺探听,以及最后开打时,父亲的"抢背""扑虎"等武打动作,令观众掌声经久不息。文武花脸的父亲就这样一炮而红了,老闸大戏院门口又开始挂起了文武两面"六龄童"的牌子。

小时候,我在上海家中看到保留的一张父亲六岁时扮演张岐的剧照,可惜的是,这张剧照后来在扫"四旧"中被毁掉了。

3. 意外受伤，暂别舞台

　　正当父亲的戏剧艺术日益精进时，他的演戏生涯遭遇了第一次意外。

　　绍剧在大剧院的演出得以稳定发展，祖父便萌发了壮大绍剧班子的想法。要想把绍剧发扬光大，不能仅靠一个只能容纳500多名观众的老闸大戏院，但绍剧一时半会儿又没有足够的实力登上上海的四大舞台，因此祖父只好将目标锁定在市中心的小戏院。在寻找新剧场的时候，碰巧有一间商务酒店，它的舞台设在走廊上，屋顶虽然低矮，但很适合演戏。于是，祖父就把那里选做了另一个演出剧场。

　　这天，父亲与伯父在那里演《狮子楼》，伯父演武松，

《狮子楼》中，伯父饰武松，父亲饰西门庆，二人相得益彰

父亲演西门庆，两人都被挂了头牌。按照剧情，当西门庆从狮子楼跳下时，父亲要在由三张桌子叠起的高台上翻个"蛮子"。虽然这三张桌子叠得不是很高，但是在商务酒店低矮的舞台上，再往上站一步就几乎要碰到屋顶。父亲犹豫了一下，双脚不自觉地移了一下，翻到空中时才感到不对，结果手肘部触地，导致严重的粉碎性骨折。尽管如此，父亲依旧咬紧牙关，忍着剧痛，把戏演完才去的医院。

　　为了养伤，父亲在医院了待了半年多，"六龄童"的头牌也只能暂时摘下。等伤势好转，他又迫不及待地回到舞台上演戏了。

4. 平安大戏，精彩纷呈

当时，地方上非常盛行"平安大戏"，这种戏的服装道具非常特殊，表演的都是专业戏班。根据绍兴一带的民俗，"大戏"主要在农历七月演出，因为农历七月是"鬼月"，民间传说的各种冤魂会七月十三从阴间出来，骚扰阳间，这时人们就要超度冤魂，祈安辟邪。绍兴大班平日演的大多是整本的家庭戏，或者是穿插着目连戏折子，只有到了这个时候，大班才会有"大戏"表演，目的是祈求平安与消除灾难。

"平安大戏"一般在郊外的戏台表演，通常从傍晚开场，到第二天黎明结束。后来，"平安大戏"搬到上海演出时做压缩，但基本保持了原有的特色，并且增加了"调吊"的节目。我们戏班中没有人能做这个演出，只能聘请民间艺人来表演。

当时有个民间艺人本名金寿康，人称"琉璃的船长"，因在空中表演"调吊"，得艺名"飞飞飞"。此人可以在一块悬挂的白布上表演72个动作，如"蜘蛛放丝""青蛙劈水"等，这些动作的灵感来自他观察到的昆虫、鸟、鱼等生物的活动。他除了吊的动作，还辅以舞蹈（也称为调），因此这些动作统称为"调吊"。

当时，整个绍兴只有"草上飞翔""飞飞飞"兄弟俩会表演"调吊"，戏班子会重金聘请他们来表演，这样"平安大戏"才能完成，他们的报酬是一般每天 12 块大洋，而当时著名的"二面大王"汪筱奎每天的报酬才 10 块大洋。但这毕竟是临时工作，七月是演出旺季，过了旺季，就不聘请他们演出了。

演大戏之前，大家要举行召冤魂看戏的"超殇"仪式，而"飞飞飞"则饰演鬼王。他戴一顶蓝色的纸帽子，光膀子套着背心，肩上挂着银锭，脚上穿着草鞋，手拿召牌，带着十几个鬼卒拿着钢叉跑到旷野，在坟墓中乱刺一阵子，然后跑回来召唤亡灵。父亲他们扮演鬼卒来回奔波。然后，所有演员全部上台叠罗汉，上身赤膊，穿着红色裤子，打着赤脚，做出各种造型。

其中，"打大桩"最为费劲，"飞飞飞"永远是底座，八个汉子站在他身上。父亲站在最顶端，称为打顶桩。在打桩时还要做出"一支香""溜荷花"等动作。再往后是有特色的审刀、审火，就像杂技表演一样。起先，父亲并不会这些，只能在一旁观看，对这种场面跃跃欲试，羡慕不已。

"调吊"通常会穿插在戏里，比如有人上吊自杀时，这时"飞飞飞"就上场了。首先演的是极惊险、有特色的《男吊》，"飞飞飞"一上场就吸引住观众的目光，只见他光着膀子穿一条红色短裤，直接奔向悬挂的围布，用布将自己从头吊到脚，像蜘蛛一样倒吊着，在上面钻来钻去。他用布将后脑勺、脖子、腰、肋、胯、肘、腿弯、脚、脚趾吊起，有时冲到台顶并俯冲下来，有时将脚倒过来钩住或横躺在布上，有时钻布圈或旋转，有时连翻几个筋斗，有时呈"一"或"大"字形状；同时还做出"童子拜观音""老鹰钻天飞""鲤鱼跳龙门""太公钓鱼"等动作，观众的心也会随着他的动作时上时下，跟着紧绷起来，这个"调吊"的过程刺激得很。"飞飞飞"完成 49 环，并表演 72 个动作后，才算结束了演出。这些动作讲述了男吊要去找替代者，并通过各种方法将替代者吊死，替代者努力以各种方式抵抗，但最终仍然被吊死的故事。因此，《男吊》最后以"太公钓鱼"动作翻过舞台顶部，套进后脖子，四肢下垂以示上吊。"调吊"既惊险又具有高难度。"飞飞飞"为保住自己的"饭碗"，不让父亲他们学习。无奈之下父亲只能偷偷模仿，自己琢磨，花了很多时间，终于学会了这个绝招。

《男吊》下面是《女吊》，讲述了一个贫穷的可怜良家妇女堕入烟花柳巷的悲惨经历，她不堪忍受老鸨、嫖客的欺凌，最终悬梁自尽。女吊披头散发，穿着红衫、白裙、黑背心上场，脖子上挂着纸钱，双肩倾斜，低头侧身，小步快速走出，在台中央走出"心"字形的台步，再甩起头发在空中写出"心"字，表达她的悲哀情绪和寻求替代者的决心。接下来，她再次走到台前，向后仰头亮相，然后"叹吊"，悲伤地诉说被逼上吊的经过和内心的愤怒。

绍兴人称穿红衫的女吊为"吊神"或"女红神"，这个角色由男演员扮演，形象煞是恐怖，但人们从女吊的身上感受到了被侮辱迫害后的反抗精神，听到了压在她心中的呼声，这也是这出戏最大的看点。鲁迅先生写过一篇题为《女吊》的文章，称赞她是"一个带复仇性的，比别的鬼魂更美的，更强烈的鬼魂"形象。

除了《男吊》和《女吊》，父亲他们还要穿插演出《调无常》，这个角色最早也是由"飞飞飞"扮演，后来伯父学会了，就由他来演。这个无常非常有趣，而且装扮很特别，一张白脸画着"八"字形的眉毛，配上细长的眼睛、低垂的嘴角，看起来似哭非哭、似笑非笑。无常一上场就打喷嚏，并声称要打 108 个，还要放 108 个屁，耸着双肩，手脚麻利地做出各种动作，有时单脚走路，经常逗得观众哈哈大笑。

《调无常》一般没有固定的剧本，大多数演员都是即兴表演。"飞飞飞"和伯父的表演各有千秋，台词因人而异。当时，男吊演得最好要数"飞飞飞"金寿康，女吊演得最好则数章艳秋，无常演得最好则是伯父七龄童，他们被称为绍剧"三绝"。伯父演的无常以幽默风趣著称，特别是无常的"四叹"，口齿清楚，用抑扬顿挫的台词、引人发笑的动作，把"官财文色"的贪官污吏、财主相公、刀笔恶讼、色鬼淫棍骂了个狗血喷头。

伯父七龄童，他的唱腔韵味醇厚，表演细腻有致，极富感染力

绍兴一带的目连戏大多是由农民和工匠组成的业余戏班演出的。他们的化装和道具都非常随意，表演的真刀真枪的凶杀戏，被称作"目连行头"。演员唱的是调腔，乐队给演员帮腔，称为"接后场"，演出目的主要是消难祈福。虽然他们不是专业演员，但他们的表演生动活泼、风趣幽默，展示了劳动人民的智慧和才华。

父亲后来表演的目连戏便是从这些民间艺人身上学来的，这些民间艺人有的陆续进入专业戏班，使得目连戏和绍兴大班逐渐成为一体。目连戏是以目连救母的故事为基础，结合佛教、道教所主张的孝文化，形成的情节非常复杂的故事，后来绍兴大班对他们的演出内容进行了简化，在表演中增加了机关布景和道具设计，参与的主要演员有汪筱奎、筱芳锦、筱昌顺、伯父和父亲。

多年以后，父亲回到故乡绍兴，拍摄电视片《六龄童》，这是他在片中主演绍剧《男吊》时的剧照

　　无论大戏还是目连戏，作为民间的艺术形式，都对父亲产生了深远的影响。尽管诸如七十二吊之类近似杂技的表演不能被看作戏曲的表演形式，但其表演动作对丰富武戏仍有一定的作用，父亲在以后的表演中有机地融合了这些动作，使原来普通的程式更加多姿多彩。

5. 越绍同台，相得益彰

1937 年，祖父组建的绍剧班子"同春舞台"在上海老闸大戏院正式演出。同春舞台是当时绍兴大班中阵容比较完整的，班底除了红极一时的"二面大王"汪筱奎，还有早已为观众所熟悉的陆长胜、筱月英、裘涌棠、伯父与父亲。后来，筱昌顺到上海演出，他的《包公》和《寿堂》都受到观众的热烈欢迎，特别是他和小凤彩共同出演的《断太后》，观众只要一听到"小包听了"那一句套板就鼓掌喝彩。此外，戏院还重编了《苦命女》《桃花恨》等家庭戏，尽管故事情节很简单，但依然很吸引观众。当时的观众大多是宁绍帮，他们的捧场令这些戏常演不衰。

上海大世界上演的绍兴文戏是男子越剧，最后一批文戏演员包括童正初（老生）、花碧莲（小生）等，之后施银花、屠杏花等第一批女子越剧演员进入上海，使该剧种逐渐兴盛起来。但女子越剧毕竟还很年轻，从剧本到表演都比较粗糙，因此没有激起很大的水花。为了在上海站稳脚跟并扩大影响力，女子越剧团邀请绍兴大班同台演出，这样的设计让观众有了耳目一新的感觉，很多观众因为没看过这样的表演，非常期待看到绍兴大班与女子越剧合作演出。

戏剧界有句行话"同行三分亲"，女子越剧不叫座，同春舞台甘愿扶她们上马。况且，女子越剧也是绍兴的地方戏，算得上是"兄妹"关系，理应相互支持。三年的时间里，同春舞台与女子越剧合作演出了三场大戏。

第一次是与徐玉兰一起演出。当时，徐玉兰初来上海，是东安剧社的台柱子，担任老生行当。由于她拜的是绍兴师父，所以她会演《后朱砂》之类的绍剧，还能表演风趣诙谐的"跳无常"。在越剧《武松与潘金莲》中，她扮演的何九叔表现出色。在此期间，她还在老闸大戏院挂牌表演《包公》。后来，徐玉兰她们搬到大东剧场，同春舞台的演员们经常去帮忙搭景、化装以协助演出。

同春舞台同意共同演出后，徐玉兰非常高兴，大家一起讨论演哪些折子戏。讨论的结果是，先演一出折子戏《倪凤扇茶》，后演武戏《武松与潘金莲》。伯父扮演武松，徐玉兰扮演何九叔，父亲扮演西门庆。打出的牌子上写着："绍兴大班、女子越剧合演；头牌七龄童、徐玉兰、六龄童"。

演员们在演出前一起讨论台本、表演方式，排练主要按绍剧的方式，还吸收了京剧《武松》中周信芳先生的表演风格。徐玉兰的何九叔唱词不多，主要在于表演，排练中注重关键性的动作到位，力求配合默契。

当时演员排期通常很紧张，徐玉兰她们先在大东剧场演几折文戏，同春舞台在老闸大戏院演出绍剧，有时候演到中途，伯父与父亲就得赶到大东剧场继续演出。他们怕路上耽误时间，往往伯父骑着自行车飞奔在前，父亲脚穿溜冰鞋、抓住伯父的自行车后架，紧跟其后，像演杂技一样，二人嗖嗖地往前窜。赶到剧场，兄弟俩已是气喘吁吁、满头大汗，越剧姐妹们一边感激地倒茶、送上毛巾，一边说："辛苦你们那么远赶来！"二人一刻也不敢耽搁，急急忙忙化好装，等着随时上场。武戏开演时，徐玉兰全部用绍剧的唱腔表演，动作干净利落，声音婉转动听。大家配合默契，每场演出都赢得满堂彩。

第一年的合作演出，几乎场场爆满，由此女子越剧在上海顺势打开了局面。一年后，绍兴大班与女子越剧第二次同台演出。这次由伯父七龄童、赖国友与越剧姐妹王杏花、竺素娥、傅全香等演出《杀子报》。

合作之初，由于大家的配合度还不算高，演出时闹过些笑话。有一次，演出开始后，饰演王官宝的竺素娥拿起棍棒追打伯父饰演的坏和尚，抓住后观众大喊："打这个坏和尚，打！"竺素娥一棍子打下来，碰巧打在了伯父的脊背上，结果打出了一道血红的印子。下台后，伯父对竺素娥开玩笑地说："你怎么真打？"竺素娥尴尬地说："我没注意，失手打重了，对不起，对不起！"伯父安慰她说："算了，算了，在舞台上难免失手。"说完大家都笑了。

第三次合作是与越剧名旦筱丹桂在老闸大戏院演出。筱丹桂所在的班社叫丹桂舞台，她与张湘卿（小生）合作演出了家庭戏《马寡妇开店》《麻风女》等。在合作演出中，先由父亲与越剧武丑任鸿飞演出《三岔口》，再由筱丹桂、张湘卿、贾灵凤（小丑）演出压台戏《倪凤扇茶》。

绍兴大班与女子越剧的合作演出获得了空前的成功，每次演出都座无虚席，在上海观众中产生了较大反响。尽管绍兴大班与女子越剧是表演方式截然不同的两个剧种，但由于演员们同台演出时相互借鉴，相辅相成，实现了艺术上的融合，绍剧的表演也在合作中吸取了新的营养，得到了长足的发展。客观来说，绍剧进入上海之前还属于草台班子艺术，表演很粗糙，动作不如越剧精细。比如旦角是由男性表演，手部的动作看起来有些僵硬，而越剧的水袖甩得轻盈飘逸，花旦、正旦、彩旦又有不同的甩袖方式，能显示出各行当中的不同身份和个性。

　　绍兴大班吸收了越剧的精华，为绍剧的表演增添了舞蹈色彩。在唱腔方面，越剧的姐妹们唱得婉转而动听、优美而抒情。两者相比，绍剧音调高亢却极少抒情，虽然绍剧的调门高度在其他剧种中是罕见的，但唱腔略显单调。在与越剧姐妹同台演出后，大家都认为应该吸收越剧的唱法，许多演员在唱戏时开始使用腔头，甚至尝试唱花腔，使绍剧的唱腔变得比以前柔和动听。至于化装，绍剧演员的戏装土得掉渣，而越剧姐妹的戏装则时尚精致，旦角更是漂亮非常。经此比较，绍剧开始在化装上下功夫，花旦一类角色的行头逐渐富丽起来。另外，父亲觉得越剧姐妹们在表演技巧和人物性格上也比绍剧要细致得多，这对他以后从事猴戏表演有很大的启发与帮助。

　　绍剧与越剧合演是相互学习的绝佳机会，双方都受益匪浅，尤其是唱腔，徐玉兰等演员也都吸收了绍剧的某些风格。

扎根绍剧

坚守初心

1. 挂牌演出，青春飞扬

父亲的 12 ～ 18 岁，是在上海挂牌演出中度过的，取得了一些艺术上的进步。

绍兴大班是个已有 300 多年历史的古老剧种，在过去的表演中，舞台上只有一张桌子、两把椅子，几乎没有别的道具，要靠演员的无实物表演讲述故事、渲染情感、吸引观众，要掌握这些传统的表演方法并不容易。当父亲看到盖叫天先生表演的《武松打虎》时，盖叫天先生通过他的表演向观众清楚地表达了他要展示的内容，父亲从中领悟到了什么是真正的表演、什么是真正的艺术家。后来，父亲学习这出戏时，在模仿中探究其中的道理，渐渐明白戏剧的表现需要演员时刻做交代，使观众了解角色的内心活动，了解故事发生的环境因素，演员一方面要通过表

父亲想做真正意义上的表演，从而成为一名对艺术有追求的艺术家

演拓展观众的想象空间，另一方面必须依靠观众的想象力来丰富表演。

京剧是"以功出戏"，绍兴大班则是"以戏出功"。"以功出戏"是指先学会一整套包括唱腔、武戏基本功的表演技巧，武戏基本功则包括把子功、毯子功等。同时还必须学会包括"趟马""走边""起霸"等一整套的表演程式。演员掌握了唱念做打的基本功后，再融到表演里。

绍兴大班要"以戏出功"，所以学绍剧之前，要先学几出包括"三关""三州"在内的传统骨子戏。"三关"是指《高关》《潼关》《青龙关》，"三州"是指《三奏本》《打登州》《潞安州》。这六出戏的表演比较规范，涵盖了唱念做打的各种基本功。师父怎样教，徒弟们就怎样学，这些戏演完，基本功也练出来了。这是戏曲的边演边学教授模式，主要讲究理论联系实际。但是，"以戏出功"会不由自主地抹去许多基本功，如果想跳出"三关""三州"这六出老戏，就必须模仿。但是单纯的模仿只能学到皮毛，不能把戏演活。于是，父亲开始学习整套的"手眼身法步"，避免自己只学"皮毛"，无法深入戏曲的"肉骨"与"灵魂"。

要探索新的表演形式就要博采众长。当时，除京剧外，昆曲、越剧、淮剧、甬剧、话剧、扬剧等剧种在上海都有班底演出，父亲会找机会去观看学习。就化装而言，绍兴大班与兄弟剧种相比就显得十分粗糙，特别是武将或臣相，脸上只涂着大红大绿、色彩鲜艳的图案，没有美感和特色。绍剧早先在野外的戏台表演，为了使观众能从远处识别人物，主角脸谱的颜色与图案非常夸张，其他角色的化装较为随意，演员通常是在演出路上草草画几笔，等临上台时再涂点色彩。大部分化装方式都是"搓脸"，有的角色是把三种颜色在脸上涂成三块，这种脸也称为"三块头脸"，只有远看才能看出浓淡。化妆品也不高档，白脸堂只用水粉、老酒、白糖混在一起涂脸。旦角使用的油彩和胭脂粉，是后来才兴起的。

1993 年 12 月 19 日，父亲在中国儿童少年活动中心为《猴娃》举行献映式时化装

　　到上海后，大家见多识广了，对化装也有了新的认识。父亲认识到绍剧的脸谱妆容实在保守，不适合在剧场演出，只有学习兄弟剧种的化装方式，绍剧的舞台形象才能更美，更具个性化。经过反复实践，绍兴大班的脸谱在勾法和颜色方面有了改观。每种颜色都有其自身的象征意义：红色代表关公这种忠勇、有正义感的角色；黑色代表李逵这种直率鲁莽的角色；白色代表潘仁美这种奸诈阴险的角色；金色则代表如来佛这种庄严神圣的角色……这样的色彩区分，使得脸谱更加细腻，更具有艺术的美感。

2. 难逃倒嗓，时逢乱世

就在父亲对表演认真钻研、不断摸索并初有成效的时候，18岁的他遭受了倒嗓的重大打击。艺人变嗓有变好的也有变坏的，父亲的嗓音越来越差，很快就全倒了，"文武唱做二面"的牌子也跟着倒了，这对父亲而言是非常沉重的打击。

比倒嗓更痛苦的是国家遭遇危机。抗日战争的全面爆发，威胁到了普通民众的基本生活，严重影响了戏曲舞台的正常维系。那时，上海正被日本侵略者践踏，戏曲舞台业已萧条，与其他剧种一样，绍剧正处于危难之中。战乱与倒嗓并没有让父亲退却对艺术的热情，他决定要与同春舞台、与绍剧同呼吸共命运，只有这样才能有出路。

当时，上海的各大戏院开始用连台本戏吸引观众，同春舞台也在老闸大戏院门口张贴了《海公大红袍》的海报。战争的残酷让很多人感受到无措和迷茫，有的人只想在戏院里麻醉自己，企求得到精神上的慰藉，妄图在歌舞升平中寻求活着的意义。戏班里的艺人们为了挣钱养家，无奈只能以票房为导向，没有了叫好，只剩下叫座，哪里有票房，哪里就有表演。伯父与父亲先后倒嗓，没有戏可演，不得不演一些内容荒唐无聊的戏来混口饭吃。大批人才流失，没有好的题材与剧本，只剩下廉价的表演吸引观众，新剧目的缺乏和剧场的商业化加速了本土剧种的衰落，这让父亲更加担忧自己的未来。

父亲倒嗓后决定改演武戏，但他当年学过的戏曲基本功及武术功底还不足以让他在武戏中挑大梁，于是他开始观摩绍剧武生戏。吴月楼、筱玉昆、赖国友等几位戏班中的武戏师父是从京剧转行到绍剧的，虽然嗓音不好但武戏出色，而且各有绝招，风格也不同，他们的武戏表演，既开阔了父亲的视野，也让他受到启发。经过一段时间的观察后，父亲决定根据自己的武功底子专攻武生。

打定主意后，父亲开始去上海各个戏院观看京剧、昆剧、婺剧、扬剧的猴戏，揣摩不同剧种猴戏的优点。这段时间的广泛涉略与思考，对他日后形成自己的猴戏表演风格有很大的影响。当时的名角盖叫天父子在上海演出京剧武戏的连台本戏，《西游记》演一本要一个多月，且场场爆满。父亲看得上了瘾，产生了要开绍剧猴戏、演孙悟空的念头。

父亲在《双枪陆文龙》中饰陆文龙，扎实的武生戏为父亲光辉灿烂的猴戏生涯打下了稳固的基础

猴戏作为京剧的重要组成部分，早已为观众所熟悉。当时的猴戏剧目很多，除了《泗洲城》《水帘洞》《安天会》《无底洞》《智激美猴王》，还有许多出色的折子戏。

猴戏分为北派和南派，表演风格

各不相同。北派猴戏的代表是京剧界的一代宗师杨小楼，唱念做打样样精通，演的猴戏很有气势，年轻时他以"小杨猴子"挂牌演出。同时代的猴戏名家郝振基，善于用小动作来表现悟空的性格。李万春、李少春的猴戏表演也有自己独特的风格。南派猴戏的代表人物是郑法祥，盖叫天、张翼鹏父子，"出手大王"郭玉昆，李仲林，小王桂卿兄妹等。他们的表演和化装都有自己的风格特征。

　　盖叫天早年表演的猴戏最出名的是《水帘洞》和《大闹天宫》，父亲看过他的《大闹天宫》。盖先生有很多绝招，但他只根据剧情的需要偶尔展露一两手，可见他功夫的高深不是一般人能达到的。

　　当父亲周围的前辈们得知他要用绍剧表演猴戏时，都鼓励他坚持下去，并告诉他要演猴戏最好先打好武生戏的基础，不要过早形成猴形，这样会使功架越来越差。父亲听取了前辈们的建议，向吴月楼师父请教学习，并逐步学会了《夜奔》《探庄》《蜈蚣岭》《花蝴蝶》《伐子都》《挑华车》《战马超》《周瑜归天》《冀州城》等基本武生戏，为日后学猴戏打下了基础。

3. 同春舞台，暂别上海

在旧上海的南京路，有大新、新新、永安和先施四大公司。他们的广告铺天盖地，走到哪儿都能见到。公司除了售卖货品之外，还开设了戏院或游乐场，有的公司会同时雇几个戏班子，楼上楼下一起开锣演出，以吸引更多的人流。知名戏班和演员是不会去这种非正规的地方演出的，只有迫于生计的艺人才会去那里混饭吃。

同春舞台在老闸大戏院演完《海公小红袍》后，实在撑不下去了，于是找人帮忙，希望可以搭通四大公司，找到一些活计，先生存下来。来自绍兴的同乡易方朔在大新公司唱《莲花落》，他向同为绍兴人的顾经理推荐了同春舞台，顾经理将戏班安排在五楼表演。按照当时的行规，大新公司承包戏班的待遇，无论售出多少张门票都作为收入分给戏班，这样艺人们也可以安心演戏了。

同春舞台表演的多数是折子戏，不用连续表演，父亲就抽时间去附近看戏，最常去的是六楼演京剧的剧场，他最喜欢看王其昌演的《金钱豹》、孙伯龄演的《包公》。伯父兴趣很广，经常带父亲去看卓别林主演的《淘金记》《摩登时代》等电影。伯父擅长模仿，敢于学习，将卓别林的脚步和手势融合到猪八戒的形象塑造与表演中，逐渐形成了"笨扮巧演"的艺术风格。在伯父的影响下，父亲跑遍了大新公司的各个表演场地，取长补短，免费学到了很多花钱都学不到的技艺。

每天晚上十点左右，公司经理会来巡场，看看哪个场地人气更高，更吸引观众。这时，各个戏班就会拿出最好的节目，一是保住饭碗，二是为了名气，就连介绍人易方硕也不例外。面对这种竞争，同春舞台自然不甘落后，拿出看家大戏《武松与潘金莲》，把观众吸引过来。这种竞争迫使艺人们更加努力，无形中提高了各戏班的演出质量和艺术水平。

由于同春舞台是由公司承包的，费用由老板掌管，所以戏班无法自由添置布景和道具，限制了演出剧目的迭代。不能创新就只能翻箱底，直到演完了所有可演的剧目，也丧失了与他人竞争的能力。在大新公司演出半年后，同春舞台不得不退出并离开上海，回老家绍兴求生存。

4．重返故里，红遍水乡

　　回到绍兴，走进学士街九十三号老屋时，大家看到家徒四壁的房子，心中不免酸楚。年迈的祖父已将戏班交给伯父管理。虽然这次离开了上海，但伯父并没有泄气，他请人在老屋门外写了"上海同春舞台"的广告，积极联络老家的朋友，不知疲倦地出门接洽演出业务，抱着复兴绍剧的心愿，等待东山再起。

　　绍兴有个被称作"武旦春生"的名艺人高春生，抗战期间，一只手臂被日本人的飞机炸断了。独臂的高春生虽然无法再登台演出，但仍热衷于戏剧表演，并经常为同行的事情四处奔忙。当上海同春舞台挂牌演出的消息传出来后，高春生主动登门与伯父洽谈，商议在城里演一出打炮戏，算是给乡亲们的见面礼。如果效果好，可以再到郊外去演。

　　在与高春生的洽谈中，父亲了解到，家乡的绍剧现状不容乐观，尤其是武戏稀缺，会武功的艺人更是凤毛麟角。父亲本想在打炮戏上好好亮亮自己的武戏功底，却发现没有好的武功师父一起搭戏。正一筹莫展的时候，父亲得知吴月楼师父还在绍兴柯桥家中，赶紧和伯父前往吴师父家中，把吴师父请来，一起策划演一出打炮戏。也是在这样的机缘之下，父亲再三恳求，吴师父终于正式收他为徒。吴师父针对父亲的武戏基础，指点他边演边学，以戏出功，在你教我学的过程中，两个人的想法常常不谋而合，相处得非常融洽。

首场演出的剧目在大家的共同努力下，很快就出炉了。大家为首场演出紧张排练着。这次演出的地点设在绍兴新新舞台，陈鹤皋出演《战长沙》，父亲出演压台戏《挑华车》。戏还没开演，台下就座无虚席。戏院的楼上坐满了来自全国各地的班主、名角，他们是来挑演员的。父亲凭着出彩的武生戏一炮打响，掌声与喝彩声一浪高过一浪，还为戏班接下了足足十五台戏的合约。

首演结束后，戏班子就要准备去乡下演出了。小时候追着戏班子看社戏的父亲，没想到二十年后自己也成为了水乡演出戏班中的一员。以前，台下的父亲只羡慕台上艺人粉墨登场时的耀眼光芒，却没尝过他们为生计奔波劳碌吃的苦。如今，身在其中的他才意识到，去乡下演出的演员们，只是为了填饱肚子而已。

戏班去乡下演出都是晚上下船，每人提着一个纸灯笼和一个装有香糕、梅干菜的篮子，冬天还要带上铺盖卷。艺人们通常坐白篷船，这种船的内舱装有上下铺，船舱拥挤逼仄，铺位低矮狭窄，人无法抬头，上床睡觉也只能躬着背。若是夏天，船舱内闷热难耐，坐在里面像待在蒸笼里，不出一分钟就大汗淋漓了。那个时候，只有小有名气的演员才能享受睡在"船头铺"的特殊待遇。到目的地后，演员们赶紧蹲在河边吃饭，有些武功演员边吃边下"马步"，因为吃完就要上台演出了。

同春舞台凭着在上海的名气，下乡演戏颇有派头，班船装饰得很优雅，还配备了几只名角单独坐的乌篷小船，就像坐八人大轿般"威风"。乌篷小船可坐可躺，还可以独自喝酒，比其他本地戏班的配备高档。同春舞台在四乡航行，父亲的武生行当在故乡更加如鱼得水。

同春舞台的第一个演出场地位于城西侧，谢晋导演的电影《舞台姐妹》曾在这里拍过外景。乡下看戏的人多，临河而建了一个"河台"，观众可以站在岸上或驾船在水中观看，就像鲁迅先生《社戏》中描述的那样。演出时，岸上和船上的观众们熙熙攘攘，挤满了人。

父亲白天、晚上分别演了《挑华车》和《伐子都》。河岸边的舞台大小不到现在剧院舞台的五分之一，舞台地板是年久失修、高低不均的木板，一般的文戏还能将就表演，对武戏来说，难度较大。

艺人们习惯了在大城市表演，踏上这种乡村舞台，起初都有些不习惯，觉得施展不开。不过，他们很快就适应了这种环境。作为一个合格的艺人，虽然舞台简陋，但艺术表演绝不能偷工减料，这是身为演员的良知和道德底线。更何况，面对熟悉绍剧的家乡观众，表演更加不能偷功减艺，唯有更加努力地调整自己，因陋就简，互相扶持，认真把戏演好。

白天，父亲演《挑华车》时，光线充足，看得清舞台地面，轻松地完成了表演。夜里演《伐子都》，当父亲在三张半桌子高的平台上表演"拿大顶"时，低头看到一侧是拥挤的人群，另一侧是倒映着月光的河面，实在不敢往下翻。但观众对传统老戏的情节是烂熟于心的，此时如果退缩，是无法向父老乡亲交代的。无论如何，只能放手一搏，完成好这个翻腾的动作。为

父亲不知疲倦，积极适应新的环境，把自己在上海学的本事一一展现出来，赢得家乡观众的心

了不辜负观众的期望，父亲硬着头皮翻了下来，当双脚踩在台面上时，他感觉台面都发软了。周围的观众不断喝彩，而年轻的父亲，却是一身冷汗。

父亲演武生戏得以一炮而红，与戏班师父们的帮助密不可分，这不仅要感谢值台师父的合理安排，还要感谢鼓师们的默契配合，更要感谢武功师父的提携照顾……观众的掌声与喝彩声不只属于我的父亲，更属于幕后的他们。

同春舞台的名声越来越大，演出的邀请也越来越多，演出任务非常紧张，经常是一个地方的台基刚拔出，另一个地方的演出就要开始。若是要更改剧目，只能在往返途中商量好，根本没有坐下来慢慢商量的时间。那段时间，基本上是，船一靠岸就要立刻演出，演出前的准备工作都要在船上准备好，包括化装、练功等，下了船，连喘口气的时间都没有。

行内把这种状态称为"两头红"，即从第一天的傍晚的"夕阳红"演到第二天太阳升起的"朝阳红"。这种连夜的戏，越到后半夜越热闹，演员们不能有丝毫懈怠。但是，人的精力是有限的，经过一夜的表演，父亲常常累得躺在船上不想动弹。但是想到自己倒嗓所受的苦，不演武戏又能做什么？既然踏上了这条戏路，只能继续走下去。

"人红是非多。"同春舞台在老家绍兴火了之后，当时伪绍兴侦缉队以"慰劳地方"的名义要求戏班演三天白戏。伯父严词拒绝他们后，他们假传消息，哄骗伯父和父亲到县前街的朱宝记茶店与上海的两个武戏演员会面交流，结果伯父被打得鼻青脸肿，同去的陈鹤皋也被打伤了。

同春舞台得罪了地头蛇，在故乡不能立足，只能再回上海。

5．二闯上海，西游将出

抗战胜利之后，国内的形势依旧不太明朗，上海的戏曲舞台还没有恢复元气。为了生存，各个戏班几乎都在用现编现演的连台本戏吸引观众，不再上演那些历经时间检验、具有艺术价值的老戏。许多年轻演员为了生存，别无选择，只能随波逐流。

父亲在故乡的表演经历，大大提高了他的表演技巧，他原以为重回上海会有用武之地，结果倍感失望。老闸大戏院连续演了三年《济公传》，靠着这出现编现演的连台本戏取悦观众，勉强支持着门面。

同春舞台当时有很多艺人在演济公，其中筱芳锦、陆长胜、汪筱奎三位艺人各有自己的优势与特色。筱芳锦演的济公有活泼的外表和精巧的动作；"二面大王"汪筱奎演的济公以唱功胜出；陆长胜演的济公唱作兼具，有着飘然自如的洒脱。

三个"济公"能在舞台上生存三年并不容易，如果没有足够的表演技巧，很快就会倒在观众的倒彩声中。父亲从中领悟到：演员要一专多能，以自己的专业特长来适应剧目和角色的需要。尤其是绍剧，演员不能只演行不演人。

伯父七龄童演的小济公在剧中尽管只是个配角，但非常有个性，举手投足间逗人发笑，起到了烘托的作用。即兴表演是伯父最拿手的，并且他全身是戏，令观众非常满意。

父亲在七十二本《济公传》中扮演的采花大盗华云龙、恶道士刘香妙都是济公的对手，而且这两个角色都比较适合父亲的武生戏路，但是要演出反面角色的霸道，却不是父亲所长，也暴露出父亲的表演功底不足。

因此，父亲在演出之余，常到上海的四大舞台学习京剧的毯子功、把子功，将其融入绍剧的武功技巧中，并不断内化揣摩和创新，使两者结合在一起。比如说翻筋斗，绍剧分为"前龙头""后龙头"，"前龙头"的功夫用于上场门，难度和强度都很大，一般要科班出身的小伙子才能胜任。父亲根据自己的训练，尝试把翻筋斗与毯子功、把子功结合起来，用在华云龙、刘香妙这两个角色身上。功夫不负有心人，父亲的创新得到了观众的认可，观众哪知道如此成功的表演是父亲为了在上海滩站稳脚跟，勤学苦练钻研出来的。

面对困境，我的父亲并没有灰心，他选择了坚持学习，迎难而上。面对演出的困难，我的父亲没有降低要求，反而故意给自己出难题，用自驱力驱动着自己从表演中摸索出一套属于自己的表演技巧。最终，他用"正角反演"的方式很好地刻画出反派角色的虚伪和狡猾。

《济公传》在戏班同人的努力之下，不断翻新花样，给了观众极大的新鲜感。父亲"传统武戏风格与借鉴京剧开打"的武戏创新，更是吸引了大批的观众。不过，尽管大家如此用心创作，《济公传》还是显出了颓势：一方面，筱芳锦、汪筱奎应邀到杭州组建了奎锦剧团，同春舞台面临着人手短缺、角色不齐的困境；另一方面，伯父和老艺人为《济公传》绞尽脑汁地加各种故事，已到"江郎才尽"的地步。

　　终于，1948年秋天，《济公传》实在演不下去了，伯父只好让济公"升天成佛"。

　　伯父把这个《济公传》最终结局弄得像变魔术一样，济公升天后，空中突然出现一团焰火，接着从台顶降下五块装有五彩灯泡穿在一起的木牌，木牌上写着：请看《西游记》。观众们被吊起了胃口，议论纷纷，第二天有关《西游记》的演出消息就在宁绍帮的观众中传开了。

经此开端，通过父亲不懈的努力和对艺术的追求，多年以后，他在电影《孙悟空三打白骨精》中扮演孙悟空

猴戏登场

势不可当

1. 章氏猴王，横空出世

要开猴戏，父亲既高兴又害怕。高兴的是，他多年的夙愿即将实现，这些年，他的脑海中无时无刻不在惦记着孙悟空这个机智勇敢、疾恶如仇的形象。担心的是，孙悟空的艺术形象毕竟和其他人物不一样，他是一只猴，猴形猴相难以揣摩，上天入地更需要演员的真功夫。当时的父亲有一种"逼上梁山挑大梁"的感觉，既欣喜若狂又忐忑不安。

伯父鼓励父亲说："只要跳出五行山，就有办法，难关总是一个个地闯过去的。《西游记》比《济公传》更有戏，对观众更具吸引力，尤其是年轻的观众，谁不喜欢看孙悟空呢？只要看过《济公传》的观众再来看《西游记》，我们就赢了。"

伯父七龄童在无形之中给父亲指明了前进的方向，给父亲以支持和鼓励

伯父的话如"定海神针"，父亲感觉到了无形的力量推着他勇往直前。

首先，兄弟俩要尽一切可能将观众的注意力转移到《西游记》上。演好第一本非常关键，而演好第一本需要给力的广告宣传造势。头脑灵活的伯父想出了一套吸引观众的方法。

除了上面讲过的从天而降的小广告，伯父还想到了很多妙招。受马路上巨幅京剧广告牌的启发，伯父用整块三夹板锯成了唐僧师徒四人的形象，并把这块"广告牌"移到了老闸大戏院二楼的阳台上，从远处看，有很强的三维立体感，人们在很远的地方就能看到师徒四人，仿佛在说"快来看我们啊，我们在这里等你"。伯父还为牌子装上了霓虹灯，到了晚上，广告牌上的霓虹灯不断变化着"头本西游记""六龄童主演"等字样，吸引了许多行人。

除此之外，伯父绞尽脑汁发明了新的宣传方式：他给饰演师徒四人的演员们化好装，分别拍了造型照，又拍了师徒四人的集体合影，洗印出来作为购票的额外礼物。观众买戏票时，可以选择四张单人造型照片之一作为礼物，如果集齐全部四张单人造型照片，可以获赠师徒四人的集体合影。这个小巧思摸准了观众的心理，带来了很好的效果，许多观众为了拿到师徒四人的合照，争相连看四场。

伯父一系列的宣传手段，大大打响了《西游记》的名头，《西游记》一时间成为万众期待的大剧，戏票也很快售罄了。接下来，就要看我父亲的表演了，大家都把希望寄托在了父亲身上。

父亲朝思暮想开猴戏，但是，真的要上台演孙悟空，难免是紧张的。尽管他看过很多京剧版的《西游记》，但模仿得再好也不能原样复制，况且绍剧观众尤其是宁绍帮观众的兴趣与其他观众不同，他们对家乡戏有独特的亲密感，必须演出绍剧的地方特色，才不会令他们失望。

创新并不能凭空创造，必须在原有的基础上进行创新。父亲在借鉴时有所取舍，尤其注重孙悟空表演的美感。例如，"孙悟空坐在桌子上不停地抓虱子，然后把它放在嘴里咬"的戏剧场景，看起来很难看，父亲便毫不留情地进行了改进。还有在老戏《凤凰阁》中，猴子纯粹是动物角色，没有进行拟人化的处理，所以其表演不甚理想。再比如，有的猴戏演员在《火焰山》中模仿猴子弯着腿走路，父亲认为这个表演手法有损"齐天大圣"的形象，果断舍弃。

梨园行有句俗话："七分扮相，三分做功。"为了使绍剧的孙悟空完美出现在观众面前，父亲从化装入手，开始初次尝试。

信奉完美主义的父亲对孙悟空的装扮非常用心，这是他早期扮演孙悟空的剧照

父亲一直对角色的化装造型比较重视,如《三岔口》中的任堂惠、《伐子都》中的子都、《龙虎斗》中呼延三赞等,父亲都花了不少的心思在扮相上,根据角色进行了不同的设计。孙悟空的扮相更是令父亲费了很多心思。

首要的是头套。父亲开始使用的是布头套,但观众总感觉不像孙悟空。后来换上了绒布头套,但仍没有毛发的质感。接着改用海虎绒(即长毛绒)头套,但看起来脸部有些肿胀,不像猴子,反而像猩猩。父亲后来尝试了灰鼠皮头套,但脸上的汗水容易黏在皮毛上,非常不舒服。最后,父亲选择了用犀牛毛制成的头套,戴上后既逼真又舒服,观众也能接受。父亲还根据角色的不同阶段,将头套的颜色从明黄逐渐变为浅黄色,用以显示年龄和情绪的变化。从此,父亲每次演出都会使用这种头套,一直用到他退休离开舞台。

其次是戏服。原本戏服是很重要的,但由于当时演出时间迫在眉睫,没来得及定制戏服,又没钱买成衣,父亲不得不请一位画布景的师父用旧戏装改出了一件戏服,勉强应付了下来。

父亲对头套和戏服的改进是初次演猴戏的一次探索。虽然大多数艺人都严格遵循"宁可穿破,不可穿错"的原则,但是父亲坚信:只有不断探索改进才能成功。

2. 养猴千日，学猴不止

父亲第一次在舞台上表演孙悟空时，只会表演亮相、脱手和舞蹈等，偶尔以几个观众意想不到的技巧赢得一些掌声，在表演文戏时则会出现情绪停顿或表情僵硬的状况。演了几场后，就听到观众反馈说"六龄童演的孙悟空就像只普通的猴子"。父亲听了非常沮丧，觉得要演好孙悟空，就要熟悉猴子的习性，否则很难掌握孙悟空的形体和心理状态。从那时起，父亲就与猴子结下了不解之缘。

为了观察猴形猴相，父亲想了很多办法。他首先想到了猴拳，经常去公园看人们打猴拳，但看久了，他认为这只是人在模拟猴子的动作，不足以展现孙悟空的舞台形象。于是父亲自己养了一只小猴子，每天观察猴子的生活习惯，并对着镜子学习它的各种动作。剧团出门表演时，父亲也会带着猴子，片刻不分开。尽管猴子异常聪明和活跃，但也有沉默的时候。每到这时，父亲总能从它的眼睛中找到沉默的情绪。有时，父亲故意逗它生气，从中发现它不让步、越挫越勇的脾性。慢慢地，父亲终于学到了猴子喜、怒、哀、惧时的丰富表情，将这一系列的表情动作与角色内心活动结合起来，给予美化和提炼，创造出鲜活的孙悟空形象。

父亲以为学好了猴形，在演头本《西游记》时便能全部用上，其实这是很困难的。实践起来远比想象要困难得多。那时的演出，没有完整的剧本，只靠一张幕表分割场景，只能大概地确定角色、剧情，其他更多的是演员的即兴表演。从《猴王出世》到《大闹天宫》，演的都是幕表戏，父亲必须借用猴形猴相在台上进行即兴表演。

在《猴王出世》中，经过三通鼓、五记头后，接着是电粉炸开宝山，突然雷声大作，飞沙走石，父亲抱着头缩成团像胎儿出世那样亮相，然后从山坡上滚下来，在曲调中轻轻地举起手，再虚弱地摔倒，抬起腿又摔倒，在支撑下站起来，摇晃着，展现出新生石猴虚弱又倔强的状态。孙悟空来到这个世界，对一切都很好奇，他一开始无法睁开眼睛，慢慢睁开眼后又顿觉阳光刺激，父亲用了一系列的眼神动作，如揉眼、眨眼、眯眼、凝视来表达他渴望了解这个世界的心情。当他看到一片青山绿水人间美景时，表现出东张西望、眼花缭乱的神情。当孙悟空继续前行时，父亲用跳跃的姿势来展示小猴子的轻盈。然后伴随着锣鼓点，父亲以爬行的姿势慢慢向前走去。

在水帘洞外的场景中，小猴子们正在嬉戏，孙悟空上前与它们嬉戏。从这里开始，父亲开始表演孙悟空活泼可爱的猴相，并通过他戏弄同伴展示其调皮。

《漂海学艺》这场戏也展示了孙悟空的猴性。父亲一上场，便撑着竹篙，表现出努力划船的样子。他有时手搭凉棚望着茫茫大海，有时手里耍着竹竿，表现出绝不气馁、定能登岸的决心。孙悟空爬行上岸后遇到了樵夫，这是他出生后第一次与人接触，感到特别新奇。他频繁眨眼，上下打量着樵夫，然后大胆地拍拍对方的肩膀，之后迅速缩手躲避，表示出谨慎试探的样子。樵夫看到猴子吃了一惊，急忙跑掉了。孙悟空赶紧把樵夫的草帽和衣服穿戴起来。父亲在表演中用了猴学人的滑稽动作，把上衣袖子错当成裤子，并将腿伸进去，一转身又露出了尾巴，谁见了都忍不住捧腹大笑。他一只手提着裤子，一只手拿着帽子，显示出猴子的机灵调皮。

以武戏为主的《闹龙宫》《闹地府》《闹天宫》是观众们翘首以盼的"三闹"，大家都想看看父亲会展示出什么功夫。

《闹龙宫》讲的是孙悟空去找东海龙王借宝，所谓"宝物"就是武器，需要表演者借用武器展现出非凡的武艺。父亲看过张翼鹏先生的表演，张先生的绝招是没有三年的苦功绝对拿不下来的双鞭。父亲迎难而上，将双鞭的南北耍法融合在一起，并保持了绍剧的江南风格，这样的表演没有让观众失望，大家都非常喜欢。

《闹地府》是孙悟空挑战命运的戏，父亲强调了他对生死的无所畏惧。出于表现孙悟空内心世界的需要，父亲采用了武中见文、动中有静的表演方式，用很多猴形动作来描绘角色天不怕地不怕、天真、勇敢的性格，增强了他鄙视阎王和鬼差们的戏剧效果。

3. 大闹天宫，镇台之宝

《大闹天宫》是第一本《西游记》的高潮，也是孙悟空反抗精神的有力体现，父亲为此把戏的重点放在"闹"上。"闹"必须有对手，"大闹"则必须组织群戏，剧团邀请了上海四大舞台的京剧武戏演员来协助表演，他们也非常愿意互相帮助，他们一旦演出结束就会来老闸大戏院助演。最终，演出赢得观众的赞誉，父亲的这个猴子也得到了观众的认可，这对所有的参演人员都是莫大的安慰和鼓励。

《大闹天宫》是悟空戏的重要组成部分，作为一出独立的戏已经家喻户晓、妇孺皆知，父亲在演出时总是将它与整个悟空戏联系在一起，使观众观看时有承先启后的感觉。同时作为一个独立的演出，父亲尽量避免自己的表演方式、技巧在孙悟空的性格刻画上与他人出现雷同，使这个"孙悟空"具有独特的风格。

《大闹天宫》重点在于"闹"，而且要"大闹"。但孙悟空为什么要"闹"？又该怎么"闹"呢？父亲认为弄明白这个问题是掌握并演好孙悟空这个角色的关键。父亲多年来在表演中不断学习、思考，并广泛吸收了兄弟剧种的精华，积累了一些经验。

孙悟空究竟为什么闹天宫？虽然《西游记》原著中已经讲明，但是戏剧剧情在尊重原著的基础上，还必须根据戏剧表演的规律进行延展，以便找到孙悟空行动的准则，并刻画出孙悟空狂傲不羁、疾恶如仇的个性，避免让悟空"瞎闹""胡闹"。

按父亲的理解，孙悟空闹天宫其实是被迫的，他闹过龙宫、地府之后，龙王和阎王到天宫向玉帝告状，玉帝把孙悟空召到天宫，封了一个五品官"弼马温"，名义上是"封官"，实际上是对他的"轻蔑"。当孙悟空知道真相后，当然不能俯首称臣，他一怒之下扔了官帽，返回了花果山。玉帝一计不成再生一计，再次将悟空召到天宫，加封他为"齐天大圣"。哪知这也是个虚职，连王母娘娘的"蟠桃盛会"都没有资格参加。悟空非常恼火，赶到瑶池，把蟠桃会闹得一团糟，闯下大祸。孙悟空离开瑶池后，又去了兜率宫，趁太上老君不在，偷吃了紫金葫芦内的金丹。此时的孙悟空并没有觉得自己闯祸了，只是觉得自己受到了怠慢，在天宫大闹一场，便扬长而去，返回了花果山。天宫被搞成一锅粥，玉帝不禁大怒，立刻命令天兵天将抓捕悟空……

父亲总结孙悟空大闹天宫的三个原因：首先，他在天宫中被羞辱，不论做"弼马温"还是当"齐天大圣"，玉帝都不是真心想任用他，而是拿官衔打发他，他心中极度不满。其次，他因偷蟠桃、盗仙丹给天庭造成了巨大的损失，无法挽回，埋下了祸根，不得不反。最后，十万天兵奉玉帝之命前来镇压，他与其束手就擒，不如破釜沉舟，决一死战。

绍剧大多是从玉帝发兵开始演这出戏，这出戏的悬念设定得很好，着眼于渲染当时的紧迫局势，使观众可以了解玉帝如何对孙悟空施加压力。虽然这部分交代得很简单，但由于绍剧非常注重营造气氛，锣鼓都配合着雷击声，南天门外的十万天兵天将布下了天罗地网，准备进攻花果山……这种对气氛强烈的渲染，可谓先声夺人，观众从听觉上就能体会到情节的紧张感，感到战争即将来临。

天兵天将进逼，悟空必须迎战。父亲将这场戏分为两个层面：首先着眼于孙悟空回到花果山与猴子猴孙们团聚的喜悦，其次是听闻天兵到来后悟空如何从容应对。

各位小猴子在急急风中上场，站在门口。孙悟空威风凛凛，随后上场，后面跟着一只举着"齐天大圣"旗帜的小猴子。

虽然，此时孙悟空已从天宫闯祸回来，但父亲采用了乐观的情绪来刻画他此时的心情。孙悟空是何等人物？他已参禅学道，并有金箍棒傍身，完全没有担心过"大难临头"。在表演中，为了彰显孙悟空的威严，父亲身着蟒袍，戴着小紫金冠，挂着翎子狐狸围。父亲用银粉给脸部上了妆，再稍加点金粉使其闪闪发光。要特别说明的是，这时孙悟空还没有进炼丹炉，也没有炼成火眼金睛，如果全部用金粉化装，就违背了原著的精神。

父亲改造了绍剧传统戏中青面虎的"坐山"程式，将其有机地融合到孙悟空的"坐洞"中。当小猴们簇拥着孙悟空时，孙悟空使用"出手"，用袖子遮住了脸，用锣敲"五记头"，表现出齐天大圣的恢宏气势。之后，他旋蟒，

猴王世家四代人用过的不同材质的金箍棒

使背后"双凤出水",抖开两只水袖亮相,再次抬腿、甩袖,整冠理蟒,坐在椅子上。

孙悟空坐在椅子上,为了突出猴王的特征,父亲没有用踢腿的动作,而是采用了猴子习惯性跨腿的动作。刚坐上去就"喔!"地尖叫一声,低头看看椅子上有什么东西,用袖子掸掸,再次坐下。"喔!"他还是感觉椅子上有些什么。站起身确认还是什么都没有,他又掸掸椅子坐了下来。如此三次这样,他还是感到不安,转身一看,才发现把尾巴垫了进去。此举足以表现孙悟空的自鸣得意。

这还不够,孙悟空一时兴起,又在椅子上"拉顶",引得小猴子们也开始手舞足蹈。拉顶完成后,他再起腿,耍蟒,甩椅上"壳子",最后亮相,念出台词:

不渡轮回石上生,
铁骨钢筋力千钧。
九州万国知俺姓,
四海千山我独尊。

这一系列的动作和情感的处理致力于表现孙悟空的威与美。

此后,情况急剧恶化。小猴们正在练兵,突然听到了震响的天鼓,小猴们惊恐地拥向了孙悟空。父亲认为这时孙悟空的情绪也应该发生变化,不可能再镇定自若。因此,父亲猛地抬起头亮相,然后大喊:"子孙们,不要害怕!"台词中强调"害怕"一词,使观众意识到孙悟空虽表面平静但内心也有些紧张。之后他再次大声说:"随我大王迎敌去哉!"父亲故意把这句话断开来念,念前半句时手搭凉棚瞭望,说到"去"字时伴着锣鼓点将声调调高，然后念出"哉"字。用这种拉长急收的方式，显示孙悟空面对天敌无所畏惧的勇气，同时也为子孙们壮胆鼓气。

这个层次着力表现孙悟空的精神状态。从情理来看，尽管孙悟空神通广大，但面对十万天兵天将，寡不敌众，自然会有些紧张。但对于这种紧张情绪，又不能过分强调，否则不仅不合理，还会冲淡观众的兴致。

"大闹"是这出戏的重要部分，非常热闹。在父亲看来，如果没有节奏、没有轻重缓急地闹，整出戏会缺少波澜，导致观众头晕，演员也会力有未逮，出力不讨好，整体效果弊大于利。所以，最重要的是，"大闹"应该闹出孙悟空的性格，但表面的热闹只会把孙悟空湮没在兵器的海洋里。

因此，在大闹的过程中，父亲将核心部分分为五个层次："大闹""小闹""静闹""巧闹""火闹"。整个过程应该有起有落，每一层都应打出自己的性格，显示出孙悟空勇敢、足智多谋、乐观、开朗、率直的性格。

大闹天兵天将

小锣密集地响起。孙悟空上场后瞭望，天兵天将来势汹汹。孙悟空想：俺老孙会怕你？他扬起腿，甩着雉鸡翎走上前去："啊！"身体猛然向前站直，做出战斗的姿势。这个简单的交代显示了孙悟空在强敌面前毫不气馁的英雄气概。

第二道幕拉开，李天王坐在高台上。小猴手持飞虎旗，天兵天将各执兵器，以单排和双排对峙。

大锣、大鼓打了三遍。杨戬手持一把三角刀走上舞台。孙悟空举起棍子发动了突然袭击。杨戬措手不及，踉跄后退。孙悟空露猴相，耍棍花，抬腿，亮相。队列前面的小猴们呐喊助威。

小京锣响起，双方开打。孙悟空自如地运用金箍棒，忽而"枪刺""刀削"，忽而"棍扫""大刀砍"，展现出十八般武艺，吓退了众神。

这场"大闹"是孙悟空和天兵天将之间的首轮交锋。父亲在演出中特别强调悟空勇猛却不失谨慎，以在打斗时的灵活机动表现出孙悟空的性格。

小闹天宫仙女

这一段是孙悟空对战天宫四仙女。父亲在打斗表演中采用蔑视、取笑的方式来表现。

孙悟空把杨戬逼退后，回头看见四位持枪上阵的仙女，忍不住笑了。他一边嗅一边逐渐靠近她们，突然"哧"地一声，把她们吓了一跳。孙悟空立刻学着女人的样子，转身用手指逗弄仙女。孙悟空像女人的样子时动作不能太多，否则会显得油滑，有损他的形象。

仙女们不但没有离开，反而迎上来。淘气的孙悟空用雉鸡翎末端逐个掸掸仙女们的脸，收回后放到鼻子上闻，抽动鼻孔打了一个响亮的喷嚏，表演出孙悟空并不打算与她们打斗，只是借机会找乐子。父亲认为这样一个小插曲既不过分也不庸俗，反而显示了孙悟空乐观的性格。

这段戏按"小闹"的主旨来演，显得非常轻松愉快。

静闹哑剧斗法

父亲采用静闹的方式演绎孙悟空和罗猴、计都之间的小周旋，静闹就是闹中取静。在这节戏里，双方均以斗法为主，看起来比较平静。父亲在表演时用了一些哑剧的动作，以幽默风趣的方式表现孙悟空好胜的心理状态。

巧闹取悦观众

孙悟空迎战巨灵神时，父亲的表演重点在"巧"字，也就是巧闹。巨灵神趾高气扬地拿着两把大锤登场，他自命不凡，没把孙悟空放在眼里。巨灵神"嘿"地大吼一声，腆着肚子"嘭嘭嘭"敲了三下，向孙悟空示意自己力大无穷无人能敌。悟空趁其不备，把棍棒往他的肚子上戳一下，巨灵神"哇"地叫了一声不断后退。孙悟空夹着棍子，两手交叉不停摇摆，在旁边偷笑着，原来这个庞然大物是个没什么大本事的草包。巨灵神很生气，在地上摆开一对铜锤，用激将法与孙悟空比力气。孙悟空先是装作用尽气力拔不起来，巨灵神不禁大笑，笑声未落，孙悟空早就提起铜锤，稍微用了点"出手"，耍了一阵棍花，令巨灵神看得目瞪口呆。随后，孙悟空背转身扔出铜锤，正好打中巨灵神的脚背，巨灵神大喊一声，急忙狼狈地护着脚背揉搓。

父亲在这段表演中以轻巧的动作取悦观众，取得了很好的演出效果。

火闹各显神通

最后是"火闹"，这是戏中其他角色悉数上场大战孙悟空的一场戏，哪吒、巨灵神、杨戬、李天王等天兵天将各显神通，孙悟空与众小猴奋力反抗，敌我双方打得火爆热烈。

舞台上呈现昏天黑地、飞沙走石的景象，风、雨、雷、电四将突如其来，势不可当。孙悟空势单力薄，便采取各个击破的方式分别迎战各天神。孙悟空舞动大旗，多个兵将以"踩子扑虎"连续往旗上飘翻而过。最后，孙悟空跳上高台，夺下李天王的宝塔，脚踩李天王的肩膀，以"鹤立鸡群"的造型亮相，全剧以孙悟空班师告捷收尾。

4. 猴形猴相，探其精髓

在塑造孙悟空这个形象时，如何突出他的猴形猴相十分重要。

父亲养猴时观察到搔痒是猴子的一种习惯动作，比如高兴时，就会在肚皮上搔几下；"思索"时，就会在大腿上搔几下；而发怒时，则会在胸脯上乱搔……这是猴子简单的生理反应，如果不搔痒，反倒失掉了它最重要的生活特征。

孙悟空既然是千年石猴，自然离不开猴形猴相，当然也得搔痒。以前，父亲听人说过，孙悟空在闹天宫之前是一只毛猴，带有更多的动物习性，类似搔痒、捉虱子在嘴巴里咬等动作就较合理。在《孙悟空三打白骨精》或《火焰山》中，孙悟空的搔痒就显得多余了。这话猛一听有些道理，但仔细想想，并非如此。

搔痒并不完全是猴子的生理需求，即便它身上没有了虱子、跳蚤，但在表达喜怒哀乐时，它仍会做出这种习惯动作，就像有些人在思考、为难或高兴时，都会不自觉地抚弄自己的头发。所以父亲演猴戏时，并没有放弃搔痒这个动作，他认为搔痒的动作是必要的，但关键是要搔得合情合理，更要搔得姿态健美，即要把这个搔痒的动作加工成戏剧的动作。总之，不能不搔，但也不能多搔乱搔，更不能蛮搔。

在《孙悟空三打白骨精》中，第一场开始，孙悟空上场后先是巡山开路，见师父、师弟跟过来，心里非常高兴，便伸手在肚子上悄悄地搔了几下，使观众看出他高兴的心情。第四场戏，孙悟空一打"村姑"后，白骨精化作"老妪"前来寻衅，孙悟空知道是她白骨精变化的，怒火中烧，连连在腿上搔了几下，来表现他恼怒、焦急的心情。第八场戏，师父、沙僧、八戒被妖怪所劫，悟空变化为"金蟾"入洞相救，当小妖们下拜时，他暗中向猪八戒踢了一脚，又用搔痒的动作提示八戒，显示了他的机灵乐观。这些都表明孙悟空的搔痒不只是猴子的生理反应，也是他内心情绪的反映。

父亲认为，孙悟空的搔痒不该是对猴子的简单模仿，在舞台上必须把这些动作艺术化，作为一种程式来运用。所以，就搔的部位来说，通常是耳腮下边的颈上或手背上，以及肚子两端和大腿上。搔的手势大多从下而上，搔的节奏则要根据情绪决定，只有这样，这个动作才既真实又有美感。

5. 声台行表，处处讲究

对于孙悟空角色的身形和动作的细节设计，为了突出猴形猴相，父亲也做了极为细腻的调整。

首先是手上的动作。父亲在表演时让大拇指靠手心，其他四指微微弯曲，自然下垂，胳膊弯曲。手弯曲的地方不过分向外，尽量将侧面朝向观众，以表示身体小巧、灵敏、活络。手向外指时通常不伸直；高兴时手心向内，手掌下边靠拢，轮流舞动，或拍膝大笑等，并以缩脖、头部左右摇晃相配合；愤怒时，手心向外，手掌与手臂垂直，五指的第一个关节向内紧勾，胳膊用劲，双目怒瞪，龇牙咧嘴。

眼神设计也很重要。孙悟空通常远望时，将手搭在前额处，两眼平视；远眺时，将手挡在头顶，向上射出目光；紧张时，特别是用火眼金睛或强调双眼时，应先有力地将双眼一闭，脸部肌肉紧缩，然后猛地睁开双眼向外瞪，视线集于某一个点。眼神运用要灵活多变，但须注意分寸，不能随意乱用，还要经常练习上下眼皮睁闭的速度。

最后则是身体的造型。猴形猴相离不开身体的造型。首先要注意躬腰屈膝需适度，两肩向前上方稍微耸起，肌肉尽量松弛，挺直上身，收

猴王家族中流传下来的脸谱，这些都是珍贵的文化遗产

紧臀部。至于脚步，重要的是轻松活泼，通常是脚尖先着地，摆出有节奏地微微跳跃的姿势。孙悟空从不大步走，也不常走矮步，停步时双膝微屈，一脚站定，另一脚用脚尖踮地，双膝适当靠拢，通常不开胯。

孙悟空手、眼、身、步的各种外形动作，都要围绕戏的主题、剧情的发展及人物性格的刻画进行，使之协调有致，显示出美感。

父亲演孙悟空时的面部化妆是"改良脸"，即整个脸部勾成掌扇形状，眼圈的黑底画得较大，以显示眼神的光彩，脸部底色的油彩用红色，但不能太红，通常以二分红料与一分白料配合，调以少量麻油，上好底色后再拍上胭脂，产生绒状的感觉，"改良脸"的优点是即便出汗也不会留痕。金粉是临上场前几分钟勾上去的，以尽量保持它的色光。"改良脸"比较简洁，不影响脸部表情，很受观众喜爱。著名美学家王朝闻先生看过一次父亲的表演，对孙悟空的面部装扮设计大加赞赏。

在服装设计方面，出于和脸谱色彩协调的考虑，衣服选用淡黄色，脚上穿的是白色的绸袜和云头和尚鞋，帽子也由以前的罗帽改成和尚帽。每场戏的服装各不相同，显示不同的场景和气氛。

父亲对于孙悟空的面部装扮设计，有自己的思考和创新，照片中父亲在给我画脸谱

枯木逢春

欣欣向荣

欣欣向荣

1. 庆祝新中国，拥抱新社会

中华人民共和国成立后，剧团的演职人员开始了新的演艺生活，大家对眼前的新生活充满了期待。越剧袁派创始人袁雪芬倡议在上海成立越剧工会，把越剧、绍剧等地方戏的艺人们组织起来，开展思想文化教育，同春舞台也积极加入了这一行列。

工会很快确定了一项任务：所有剧团必须参加上海市组织的庆祝游行，并且每个剧团必须拿出新节目来参加宣传表演。父亲与伯父讨论后，决定改编一出活报剧，于是移植了绍剧《调无常》中"送夜头"的情节，新瓶装旧酒。

这一节目在老闸大戏院排练时进行得很顺利，后来接到通知，说各剧团的节目都必须在天蟾舞台上进行试演，然后再上街游行。天蟾舞台是上海著名的大剧院，习惯在小剧场演出的同春舞台第一次在这么大的剧院里表演，大家都很担心演出效果。

出乎意料的是，在天蟾舞台的试演获得了成功。游行开始后，场面更加壮观，人群聚集在马路两边放鞭炮庆祝，并鼓掌欢迎。演员们受到鼓舞，精神焕发地冒雨表演。演出结束后，大家像落汤鸡一样回到老闸大戏院，尽管非常疲倦，但每个人都感到前所未有的舒坦和满足。

　　第二天早上，不知道是谁兴奋地拿来一份报纸喊道："嘿，看，我们同春舞台上报纸啦！"这个消息震惊了所有人，大家冲上去争着看，原来是报纸报道了昨天的演出盛况，并点名说同春舞台的节目"受到热烈欢迎"，观众"掌声如雷"。大家兴奋得手舞足蹈，要知道这是同春舞台有史以来第一次上报纸。

《调无常》中父亲饰演的无常，动作和语言
诙谐有趣

2. 纪念鲁迅，何其荣幸

1951 年 9 月 25 日是鲁迅先生诞辰 70 周年纪念日，父亲所在的同春舞台与袁雪芬、徐玉兰等著名越剧演员共同参加了上海文化界在大光明电影院举行的盛大纪念活动演出。同春舞台演了三出戏，分别是伯父演的《调无常》、林熙凤演的《女吊》、父亲演的《男吊》。

濒临衰落的绍剧在新中国焕发了青春，这让同春舞台上上下下激动不已。站在大光明电影院的宽敞舞台上，看着来自各行各业的众多人士参加纪念活动，父亲心中非常忐忑，生怕完不成演出任务，但他知道，能参加这次演出，本身就是一份荣幸。

演出结束后，剧场的一位同志告诉父亲，外国来宾和文艺界的同人对今天的演出都非常满意，他们怀着浓厚的兴趣领略了绍剧独特的艺术魅力，并认为这一古老剧种有广阔的发展前景。

父亲为能参加纪念鲁迅先生诞辰 70 周年的演出而感到兴奋；为能在这个特殊的日子演出鲁迅先生家乡戏绍剧而感到自豪；为能演鲁迅先生笔下描绘的"社戏人物"，表达家乡人民对鲁迅先生的怀念而感到荣耀。这次表演的成功，也增添了父亲对绍剧光明前景的信心。

3. 三改之思，繁荣绍剧

1951 年春天，同春舞台离开上海，在浙江省文化局的安排下，正式驻扎杭州。到杭州后，同春舞台演出的打炮戏分别是父亲主演的《三岔口》《周瑜归天》和陆长胜主演的《后朱砂》等，三天的戏票很快售罄，后来的演出也场场爆满，享誉杭州。当时的同春绍剧团实力很强，除了伯父、陆长胜、陈鹤皋、章艳秋等知名文戏演员外，还聘请了上海的一批武功演员，每天以包账制形式支付酬劳。这些演员的功底非常好，在他们的帮助和支持下，同春绍剧团的武戏得到了极大的发展。

1951 年，首届杭州市戏曲讲习班在杭州青年路的青年会三楼举行。父亲与陆长胜、陈鹤皋、胡碧云接到参加学习班的通知，一起参加学习的还有一些京剧、越剧、评弹等戏曲及曲艺界的知名演员。由浙江省文化局的同志领导讲习

《三岔口》中父亲饰任堂惠，赢得满堂喝彩

班，主要内容是推进"改戏、改人、改制"的"三改"工作。

中华人民共和国成立初期，"三改"是戏曲改革工作的主要内容。"改戏"，就是清除戏曲剧本和戏曲舞台上旧的、有害的因素；"改人"，就是帮助演艺人改革观念，提高政治觉悟和文化专业素养；"改制"，就是要改革旧戏班中不合理的制度，包括徒弟制、包账制等。讲习班主要做这三件事。父亲在"三改"学习中，意识到改造思想是最重要的，只有思想意识转变了，"改戏"和"改制"的工作才能顺利进行。

通过讲习班的学习，父亲逐渐从过去的懵懂中清醒。讲习班采用了自我教育的方法，将一些旧戏拿出来，在内部进行表演，以供大家分析和鉴别，通过对旧戏的剖析，大家认识到其中的糟粕和不健康的成分。作为新中国的演员，对不健康的旧戏要予以抵制，尽可能多地表演优秀的传统戏。

结束学习后，父亲觉得面前的艺术之路更宽阔，他一直记得老师的赠言："要把'三改'精神传播出去，团结更多的同志，共同繁荣绍剧的事业。"

绍剧要蓬勃发展，就需要更多的后起之秀，父亲这辈人理所应当地承担起了培养新人这一重任。十年树木，百年树人，培养接班人谈何容易。资金、老师从哪里来？培养方案谁来负责？这些现在很容易的事在当时却很困难。

1952 年年底，在多方努力下，第一期绍剧艺术培训班终于要开班了。绍剧界的"同春""同兴""新民""易风"四大剧团联合在上海天蟾舞台演三场戏，全部演出收入用作办学资金。报纸上刊出"为筹募绍剧训练班资金，四大剧团联合演出"的广告后，观众踊跃购票，场场爆满。除了剧团普通演员外，汪筱奎、王桂发、筱月楼、筱百龄、筱兰芳、钱慧韵、筱芳锦、筱杨松等绍剧界的知名演员也参加了演出。

演出剧目包括陈鹤皋演的《徐策跑城》、汪筱奎演的《打太庙》、筱兰芳演的《玉堂春·三堂会审》，父亲、伯父、筱昌顺、堂兄小七龄童合演的《孙悟空收服红孩儿》等，可谓是群星荟萃、流光溢彩，观众也是大饱眼福、流连忘返。这次演出共筹得善款 3000 多元，全部纳入绍剧训练班启动资金，资助后辈人才的培养。

我的伯父七龄童被推荐为班主任，父亲和汪筱奎任副班主任，彭沛霖、筱玲珑、胡继胜、金紫江和吕顺华等分别任教授艺。在全体老师的辛勤培育下，这一期的学生有了长足的进步并取得了巨大的成就，并很快在舞台上生发出珍珠般耀眼的光芒。

当时，人们把这期学员班称为"小同春"。后来，这批学生还带着《平顶山》《龙虎斗》等剧目去海岛部队慰问演出，战士们和岛上的渔民非常满意，称赞"绍剧后继有人"。

1953 年年底，为筹集开办第二期绍剧训练班、修建"艺人之家"等的资金，绍剧界四大剧团在绍兴合作演出了《龙凤锁》。许多著名演员上台表演，不仅展现了各自的演技，还彰显了绍剧界的繁荣与统一。整个表演盛况空前，在观众中引起强烈反响。

1953 年，父亲接任同春绍剧团的团长。1956 年，剧团改名为浙江绍剧团，并改为国营编制，父亲仍任团长。在此期间，父亲一边将大部分精力投入剧团的整体活动中，一边继续探索猴戏表演。

1957 年 3 月 8 日，父亲加入了中国共产党，成为一名光荣的中国共产党员。

4. 旧剧新编，焕发新生

1954 年，中华人民共和国成立以来的第一次省级戏曲观摩大会在杭州开幕。经过"三改"后，戏曲界不仅更新了剧目，也装备了演员阵容，既有老当益壮、风采依旧的老艺术家坐镇，又有正值壮年、德才兼备的中年演员上场，更有一大批年少有为的青年演员参与，老中青三代济济一堂。

浙江绍剧团演出的剧目是《平顶山》。在演出之前，剧团对整场戏进行了修改，增加了舞蹈场景，删除了大部分唱词，整部戏变得更加紧凑热闹。最重要的变化是加强了戏剧的矛盾和冲突：以前孙悟空在剧中的对手只有金角大王和银角大王，这次表演增加了一个新的角色——由马小龙扮演金角大王和银角大王的娘舅狐阿七，这个角色的增加使得整场戏的武打场景更加好看。

除《平顶山》外，为了这次省级戏曲观摩大会，浙江绍剧团还演出了传统戏《芦花记》。一文一武两场戏，唱念做打都有。评选结果出来后，剧本、导演、表演、布景都获了奖，超出了演员们的预期。这次比赛让大家有了新的感受，父亲也清楚地认识到绍剧只有走出一条新的转型之路，才能拥有更强大的生命力。

没过多久，宁波也举行了文艺会演，绍兴地区当时属于宁波，浙江绍剧团当然不会错过这个机会，决定演出《三打白骨精》。当时这个剧本仍处在幕表戏演变的阶段，只是根据伯父编的故事大纲填上唱词。于是，剧团请来戏剧家顾锡东一起进行改编整理，使其成为正式的舞台表演剧本。有了完整剧本的演出，确实发生了很大变化，受到观众的热烈欢迎。但是，整个演出也暴露了一些问题。由于过分强调使用机关布景，追求冒险和刺激，所以在表演中，不是孙悟空腾云驾雾时被困在空中，就是当妖精变化时电光粉没有及时闪烁炸开而出洋相，影响了演出效果。好在当时观众对表演的要求并不像现在这样高，他们考虑到演员们的苦心，仍然给予了高度评价。

绍剧在省级、地级的会演中频频夺冠，成就喜人。那段时间，全团上下团结一心，准备撸起袖子，大干一场，用更加辉煌的成绩迎接这美丽的春天。剧团一方面改编演出了许多优秀的绍剧传统戏，另一方面满怀信心地准备着新节目，准备走向全国各地。

1957 年，浙江绍剧团人丁兴旺，演员阵容强大。浙江省第二届戏曲会演即将开始，全团演职员早已进入状态，准备大干一场。在第二届戏曲会演中，剧团演出了《后朱砂》《龙虎斗》两个传统曲目。除此之外，演出的《三打白骨精》《香罗带》在布景设计中加入了民族风格，以期获得独特的效果。这次演出获得巨大成功，伯父、父亲、陆长胜、筱昌顺、陈鹤皋、章艳秋等六位演员荣获演员一等奖，《三打白骨精》独揽剧本、导演、技导、音乐、舞美、表演六项一等奖，这在整个会演中都是独一无二的，浙江绍剧团在会演上引起了轰动，演职员们都很兴奋。

1957 年，华东地区首场戏曲会演在上海举行。当时，上级部门指定浙江绍剧团参加演出，剧目分别是《平顶山》《芦花记》。由于剧团当时正在演出《金钱豹》《真假悟空》，聘请来的京剧武行演员实行包账制，是按天计费，如果演出《平顶山》，他们就要停演，如果辞退他们就更可惜。经过慎重考虑，父亲最终决定放弃《平顶山》这次会演的机会，让《芦花记》去上海参演。

巧合的是，华东会演开幕之日，浙江绍剧团也到达上海，在嘉兴剧院上演了《真假悟空》。

华东地区的这次演出将会持续一个月，在此期间，有评奖表演、示范表演两种演出形式，京剧大师周信芳、盖叫天都参与了示范表演，会演的气氛一度达到高潮。

浙江绍剧团到达上海后没几天，父亲便接到了参加华东会演示范演出的邀请。表演安排在黄金大戏院（即今大众剧场）演日场。演出当天下午，陈美娟表演的和剧《断桥》折子戏，越剧名角毛佩卿、王湘娟合演的《闯宫》，浙江绍剧团的《平顶山》三台戏同场演出。

这种客串表演对父亲来说比正式演出更具压力，只能成功，不能失败。幸运的是，全体文武演员都非常努力，各个部门协调合作，没有出现任何失误，精彩的打戏使观众大饱眼福。演出结束时，热烈的掌声经久不息，演员们一再谢幕。父亲凭借出彩的客串表演，评委想破例给他颁发一等奖，但这对其他客串的演员有失公允。经过再三商议，最后评委们决定授予父亲"奖状奖"。对于这个特殊的荣誉奖项，父亲感到非常荣幸。

5. 重磅绍剧，《龙虎斗》篇

　　《龙虎斗》是绍剧传统剧目"老十八出"之一，常演不衰，在宁绍一带脍炙人口，具有广泛的群众基础。《龙虎斗》分为《下河东》《风云会》两部分，是一出优秀的传统剧目，其唱腔高亢激越、动作粗犷奔放、场面宏伟壮观，比较集中地反映了绍剧的表演特色。

　　"哑子开口龙虎斗"是绍兴民间广泛流传的一句俚语，寄托了人民反抗封建压迫的强烈愿望。其中"手执钢鞭将你打"已成为许多老百姓的口头禅。鲁迅先生在小说《阿Q正传》中，描写了贫穷落魄的农民阿Q吃尽了地主赵太爷的苦，他要"革命"，但遭到假洋鬼子们的反对，于是他大喊"我手执

父亲在《龙虎斗》中饰呼延三赞，受到观众的喜爱，他一步一步地将绍剧发扬光大

钢鞭将你打！"这句台词成为农民反抗压迫的心声，让人在忍无可忍的时候脱口而出。

父亲从小爱看《龙虎斗》，觉得这出戏很热闹。早期的《龙虎斗》剧情以赵匡胤为主，每次演出，感人的情节都能引起观众的强烈共鸣。吴昌顺、陈鹤皋、杨幼侬、杨鹤轩等都演得非常出色。在早期剧本里，呼延三赞是由丑行扮演的次要角色，王玉兰演这个角色演得最好，王茂源、盖茂元等也演得别具特色。

由于喜欢《龙虎斗》，父亲学戏时经常向老艺人偷艺，把他们的唱念做打看在眼里、记在心里，并暗中模仿，久而久之耳熟能详，并融入自己的表演中。1957 年，父亲第一次登台演呼延三赞时，剧本经过整理与修改后，呼延三赞成了剧目中的主角，父亲担心自己挑不起大梁。

父亲并不担心自己的武功、嗓子等能否与角色相配，而是担心自己作为主角，能不能对全剧起引领作用。首先，主角要对《龙虎斗》有总体的认识，并以此为基础成功地塑造角色，这样才能领导配角，掌控舞台全局。为此，父亲对剧本、表演、唱腔以及脸谱、道具等一一进行了全新的尝试和探索，并删除了剧本中原先掺杂的封建迷信色彩的糟粕。万幸的是，修改之后的演出呈现，得到了广大观众的认可。

绍剧老艺人在《龙虎斗》的多年表演中积累了不少经验，值得后辈们学习借鉴，但这些经验并非一人之功，而是数代艺人传承和发扬的结果，父亲在演《龙虎斗》时也有自己的创新。1957 年，父亲带着《龙虎斗》这个剧目到北京表演。尽管父亲在猴戏表演艺术方面已取得了一定成就，并在打造呼延三赞这一角色打下了基础，但父亲认为自己并没有真的打破旧的演出格局。父亲考虑到《龙虎斗》是绍剧的正统戏，它有一整套规范化的表演程式，老演员的表演已给观众先入为主地留下了固有的印象，如果自己贸然改革创新，会给观众离经叛道、"四不像"之感，难以预测会有什么样的演出效果。但父亲对亦步亦趋的复制式演出感到别扭，总觉得被束缚住了，舒展不开，演不出自己的风格。因此，父亲边演边琢磨，逐渐把对呼延三赞这个角色的理解与传统程式的运用相结合，力求塑造出新的舞台艺术形象。

戏曲演员一直注重道具的运用，呼延三赞的钢鞭是点题的极妙道具。他的钢鞭与一般武将使用的不一样，就像关公的青龙偃月刀、李逵的双斧、陆文龙的双枪、呼延三赞的钢鞭也有特别的象征意义。父亲表演时用的是被称为"水银九节钢鞭"的特制钢鞭，这条鞭通身明亮似镜，且重量可观。

如何让呼延三赞的这条钢鞭在表演中发挥到极致，达到既出戏又出人的效果？这个问题一直盘旋在父亲的脑海中。父亲认为，这条钢鞭不仅象征着呼延三赞个人的血海深仇，也象征着广大人民群众被封建势力压迫的满腔血泪，因而它具有万钧雷霆之力，蕴藏横扫千军之势，是整部戏的一个灵魂道具。

这条钢鞭是呼延三赞同皇帝赵匡胤正面交锋的武器，最后助他扫平了奸臣欧阳方的叛军。所以，这条钢鞭称得上是正义的化身，就像人们说的那样，呼延三赞唱出的"我手执钢鞭将你打"，是替千千万万的人民发出的呐喊。因此，父亲在使用钢鞭时，抛弃了形式上的技巧卖弄，尽可能让每个动作干脆利落有力量，观众能感受到主人公复仇反抗的决心，以体现虎将勇猛的性格。在父亲看来，这条钢鞭就是主人公手中锐不可当的武器。围绕这条特制钢鞭的艺术设计，并不是父亲拍拍脑袋的一时兴起，而是父亲在充分了解人物、反复思考剧本，在结合绍剧传统表演技巧的基础上创造出来的。

　　此外，唱腔的改进和创新是《龙虎斗》获得成功的另一个因素。父亲饰演的呼延三赞在前半部《下河东》中，因"哑骨"未取是个哑巴，当然无唱腔可言。在后半部《风云会》里，"哑骨"取出后，成为"哑子开口龙虎斗"，也就有整套成段的唱腔了。

　　父亲是武生应工，唱腔多是真假嗓互换。若按照正统的演法，呼延三赞应该唱小生腔，用假嗓，并且与丑角同调同声，很难分辨出来。父亲改变了小生用假嗓的唱法，采用了类似男高音的唱法进行尝试，使唱腔具有雄浑粗犷的美感。父亲对唱腔的设计把握了一条标准：既刚健遒劲，又富有穿透力，还要通俗易懂大众化，以体现绍剧的独特风格。

　　《龙虎斗》的创新演出获得了巨大成功。1957 年，浙江绍剧团到北京演出时，鲁迅先生的夫人许广平看了这部剧高兴地对父亲说："这出戏在鲁迅的小说《阿 Q 正传》里写到过，但广大读者只能从文字描绘中

父亲和堂兄小七龄童在电视片《六龄童》中表演《龙虎斗》，父亲饰呼延三赞，堂兄饰赵匡胤

欣赏它。经你们一演，就立体化了，给观众极好的艺术享受。我十分感谢你们，希望今后多整理演出一些传统剧目，使绍剧发扬光大。"听父亲说，许广平先生看完戏后，拉着二哥小六龄童饰演的小呼延三赞合影留念，遗憾的是这张珍贵的合影不幸丢失，至今下落不明。

1961年，浙江绍剧团去北京再演此剧，仍旧受到观众的热烈欢迎，贺龙、罗瑞卿、郭沫若、田汉等同志先后观看了演出。1981年，在纪念鲁迅先生诞辰100周年的演出中，年近六旬的父亲仍旧饰演了呼延三赞一角。父亲与演赵匡胤的陈鹤皋曾共同灌制过《大斗》等三场戏的唱片，戏中的唱腔在绍兴地区民间流传得更加广泛，很多乡亲都能哼唱。有意思的是，二哥小六龄童、堂兄小七龄童、我父亲曾分别出演过呼延三赞的幼年、青年、中年。

6. 初见悟空，外宾折服

　　绍剧是浙江的地方戏，具有浓郁的地方特色，因此经常被借派到杭州演出，招待重要的外宾。1956 年 8 月，陈毅副总理陪同印度尼西亚领导人抵达杭州，浙江绍剧团受邀参加招待演出《孙悟空大闹天宫》。

　　这是浙江绍剧团第一次向外国客人演《孙悟空大闹天宫》，大家都很紧张，心里没有底。毕竟这是一出武戏，有很多"出手"和频繁打斗的动作，难免出错。在表演中，每个演员都凝神聚气、小心谨慎，最终得以顺利演完。当做完最后一个动作时，父亲已经筋疲力尽，满头大汗。令他欣慰的是，陈毅副总理和外宾都非常高兴，看得很开心也很满意，他们走上台与演员们握手并合影留念。父亲听到陈毅同志对外宾旁边的两个小女孩说："看，孙悟空多勇敢，天不怕地不怕，还大闹天宫呢！"

　　招待外宾演出不仅可以让外国友人欣赏到丰富多彩的中国戏曲艺术，还能促进不同国家、民族之间的艺术交流。父亲一直渴望绍剧能从乡野草台登上大城市的舞台，然后走出国门登上国际舞台。

　　浙江绍剧团的表演很快引起了国际同人的注意。当时，法国的一位导演灵感（译音）来到中国时，看了伯父、父亲表演的《孙悟空大破平

《孙悟空大破平顶山》中，父亲六龄童饰孙悟空、伯父七龄童饰猪八戒

顶山》后感到非常惊讶，想要将这出戏拍成彩色纪录片，带回法国，介绍给他们的观众。

伯父和父亲听到这个消息后很开心，很乐意参与拍摄。考虑到现场拍摄比舞台拍摄的效果更好，灵感导演用了一周时间寻找合适的场景，最后选择了灵隐寺外的一块绿地，并在两棵参天大树之间搭起了一个简单的舞台。

经过反复沟通，导演最终确定了三套镜头：孙悟空在山上"走边"巡山；猪八戒被恶魔追赶而逃之夭夭；孙悟空变成老妖，在山洞内与小妖们打斗。导演要求父亲放开演所有的动作，保持强烈的节奏感，并用简单易懂的绍剧台词表达孙悟空的想法，使法国观众能了解孙悟空的性格。

父亲按照导演的要求去做，每个亮相都做到了精益求精。父亲力求每一个面部表情都到位，并试图通过表情和眼神传达人物的内在情感。导演对演出效果很满意，看懂了父亲的表演并理解了动作的含义。他们拍摄了整整一天，临近天黑才结束。导演对父亲说，拍完《孙悟空大破平顶山》后，他还要把富春江的景色融合进去，作为新闻片《今日中国》推介到法国。这次拍摄大概是绍剧正式走向国际的一个起点。

从那时起，父亲与国外文化界的朋友有了更多的联系。其中，令他印象最深刻的是罗马尼亚云雀歌舞团著名的舞蹈家阿列格。他俩第一次见面是在杭州，阿列格看了父亲演出的《孙悟空大破平顶山》后，对孙悟空很感兴趣，要向父亲学艺。在得到上级文化部门的同意后，父亲与阿列格在杭州饭店组成异国"师徒"。阿列格从孙悟空的"走边"开始学起，然后学习了探山、耍棍、面部表情和眨眼。他非常聪明，也很好学，有些动作一看就会，而且模仿很到位，这很难得，因为就连中国演员都很难记住锣鼓点，他还可以在学习三遍之后用半熟的汉语一字不差地背诵出来。最有意思的是学习眨眼，阿列格只学了一会儿，就可以手搭凉棚，忽闪着一双大大的蓝眼睛从慢到快不断眨起来。至于不容易掌握要领又无法用语言沟通的耍棍，父亲就不断做示范，阿列格边看边模仿，很快就掌握了。父亲对此惊讶不已，不断用英语"good！"对他表示赞赏，他受到表扬后，总是兴奋地扑到父亲身上拥抱父亲，并拼命拍父亲的肩膀向父亲表示感谢。

南派猴王

魅力巨献

1. 人生高光，总理观戏

　　1957 年 12 月上旬，浙江绍剧团在萧山演出时突然接到通知，要去上海为周恩来总理及陪同的外宾进行招待演出。

　　招待演出于 12 月 15 日在上海中苏友好大厦举行，计划两出戏参加演出，分别是俞振飞、言慧珠夫妇主演的昆曲《长生殿》、浙江绍剧团演出的《孙悟空大闹天宫》，文武两台戏各有特色。《孙悟空大闹天宫》由父亲扮演孙悟空，陈鹤皋扮演李天王，伯父七龄童扮演杨戬，筱昌顺扮演太白星君，陆长胜扮演太上老君，堂兄小七龄童扮演哪吒，二哥小六龄童扮演小传令猴等，浙江绍剧团的所有演员几乎都参加了演出。

　　父亲在花果山坐山这场戏中出场时，身穿盘龙大蟒袍，头上戴着紫金冠并插着两根雉鸡翎，两条白狐狸围垂在肩膀上，表现了孙悟空大闹瑶池盛会后盗丹回来，成为威风凛凛的"齐天大圣"。父亲被小猴们簇拥着，用袖子遮脸，从上场口迅速走到台前，一个大亮相，伴随着"锵、锵……"的锣鼓点，眨眨双眼，表达了孙悟空归来与猴子猴孙们相聚的喜悦。随后，父亲一口气跳到高台上，采用撩袍、抖翅、三坐、偏腿、踢腿等动作，再正面坐在椅子上亮相，表现美猴王孙悟空的雄姿。

二哥小六龄童年龄虽小，却有丰富的舞台经验，他在《孙悟空大闹通天河》中饰一寸金（上）（1955年），《调无常》中饰小无常（左下）（1958年），《龙虎斗》中饰呼延三赞（右下）（1956年）

演出结束后，俞振飞先生跑来向父亲表示祝贺并称赞："演得很好！"
大幕重新拉开后，舞台上下的掌声经久不息。不久，两个人抬着一个大
花篮放在演员们面前，然后周总理陪同外宾走来。

周总理热情地与父亲握手，父亲也激动地流下了眼泪。周总理说：
"我是绍兴人，可看绍剧还是第一次。你们演得很好，外宾看了很满意。"
他还问父亲叫什么名字、多大年龄，父亲回复后，总理再次称赞："你
的武功不错。"父亲说："这是总理对我的鼓励。"周总理又问了绍剧
的曲调，父亲告诉他主要是"二凡"和"三五七"两种曲调。总理点了点头，
转过身，高高抱起了我的二哥小六龄童，并留下了极其珍贵的光影瞬间。

其中《新民晚报》的摄影部主任、老摄影家张祖麟先生拍摄的照片
分别被画家李白颖先生、潘志鸿先生创作为《周总理和小演员》的年画，
还收录进人教版高中历史课本。2018 年 4 月 5 日，我们章家第一次看到
了摄影家史云先生拍摄的另一角度的珍贵留影，史云先生的儿子还把这
张照片送给了我。1959 年，我出生时取名"章金来"，就是为了纪念周
总理这次有纪念意义的接见。

看到周总理这么高兴，父亲猜想他一定很喜欢二哥饰演的天真无邪
的小传令猴。此时，接见被推到了高潮，观众们的掌声如雷，记者们一
直拍照，许多观众在座位的过道里兴奋不已。总理再次拍着二哥对父亲
说："文艺事业需要接班人，你要把后一代带出来，多培养几个小六龄
童呀！"说着话，周总理把二哥放下与所有演员握手。之后，周总理再
次招呼父亲和二哥过来，用右手抱起二哥，并将左手紧紧贴在父亲的腰
上，让记者再次拍照。

周总理临走时对父亲说："这次来观看你们的演出，是陈毅副总理
推荐的。欢迎你们到北京来，向毛主席做汇报演出……"

2．"三打"重出，招招有戏

　　《孙悟空三打白骨精》是伯父整理改编的连台本戏《西游记》中的一折，剧本以孙悟空与猪八戒之间的矛盾贯穿始终。这部戏原来的剧情有两个矛盾：一方面是孙悟空武艺高强，惯于搞恶作剧；一方面是猪八戒馋懒无能，挑拨是非，彼此针锋相对，构成了一系列的戏剧冲突。这出戏情节比较生动曲折，加之又有许多插科打诨的片段，还掺杂了一些低级庸俗的笑话，曾吸引了很多观众。不过，从艺术价值的角度来看，这部戏价值主题模糊，思想深度不够，在表演方式上有很大的局限性，可谓良莠参半。基于这种情况，剧团在 1950 年对剧本做了第一次修改，剔除了一些无聊庸俗的成分，但整个戏依然存在剧情松散、主题不明的问题。经过不断讨论，父亲与浙江戏剧作家顾锡东将幕表戏（路头戏）整理成比较完整的文学剧本，砍掉了原剧中的枝蔓情节和不符合新社会的糟粕思想，从而达到了思想内容与艺术效果的统一。

　　1960 年春天，浙江省文化局的同志看了《孙悟空三打白骨精》的演出后，觉得这是出好戏，但认为全剧仍有明显的缺陷，比如主题不够鲜明，缺少必要的教育意义，不恰当地突出了唐僧师徒之间的矛盾，削弱了他们与妖怪之间的斗争。因此，浙江省文化局组成了由编剧贝庚同志执笔的《孙悟空三打白骨精》整理小组，重新进行修改与整理。

绍剧《孙悟空三打白骨精》经过前后二十几次整理加工，取其原著精华，将唐僧师徒与白骨精之间的斗争变成这出戏的主题，充分体现了唐僧师徒间的深情厚谊以及对西天取经的共同信念。剧情突出妖怪惯施狡计，致使唐僧与孙悟空中途别离，这就加深了诛妖过程的艰苦性、复杂性，从而强化了全剧的思想内涵。这部剧的修订过程，让父亲再一次深刻认识到：戏剧应有符合时代精神的思想主旨，并发挥戏曲艺术应有的教育作用，这是戏曲传播的根本任务，在此前提下，对艺术的大胆革新、创造，才具有现实意义。

孙悟空是《孙悟空三打白骨精》的主角，这个神通广大、七十二变的美猴王在中国乃至世界已是享有盛名。早先的剧本对孙悟空的形象塑造已有基础，大体上刻画出了他大智大勇、有情有义的品质，已经具有较强的感染力，剧团在改编整理中进一步强化了他的这种性格。

在孙悟空三打"老丈"这段情节中，原剧本处理成他将"老丈"打下深涧后，唐僧因怒不可遏才念起了紧箍咒。改编本把唐僧念紧箍咒的部分提前了，变成悟空三次识破白骨精的计谋，见其变化成"老丈"，又举棒要打，唐僧却百般阻挡；一个一定要打，一个执意保护，此时盛怒的唐僧便念起了紧箍咒。悟空头痛难忍，满地翻滚，但仍高唱："妖怪不除难取经，金箍棒下绝不留情。你就是咒死徒儿，我也不饶这妖怪的命。"他咬紧牙关，最终将"老丈"打入深涧。这样的处理不仅增强了人物冲突，加深了戏剧矛盾，也通过典型环境反衬出孙悟空誓死诛妖、保护师父西天取经的坚毅果敢。

在孙悟空"三打"后被师父赶回花果山这场戏中，原剧本的描写虽动人，但一味啼哭央求有损于孙悟空的性格，改编后的剧本删改了这些，偏重孙悟空与师父、师弟别离时的依依不舍之情。临走时，孙悟空对猪八戒嘱咐道："若是遇到敌不过的妖怪，就提起俺大师兄孙悟空。"这样的剧本安排体现出孙悟空虽被驱逐仍旧矢志不渝的赤诚之情。

在花果山这场戏中，改编本的重点在于表达孙悟空对师父的深切思念，虽然他身在花果山吃吃喝喝，心里还是惦念着取经路上的师父。剧本从细节入手，于细微处展现孙悟空的容人之量与责任意识。强烈的责任感驱使孙悟空重下花果山，进一步凸显了孙悟空的顾全大局。

总之，加工整理后的剧本故事更加充分地体现了孙悟空的个性，进一步突出了他不畏艰险、赤胆忠心、智勇双全、善斗妖魔的闪光点，主角的性格特征得到了进一步强化。

《孙悟空三打白骨精》的演出获得了观众们的好评，父亲根据戏剧冲突，把全剧分为四个层次，而作为全剧重心的第四场和第五场，中心内容是孙悟空"三打"白骨精，父亲就这个"打"字揣摩出三个打法。

首先是"巧打"。悟空采桃归来，猛然看到唐僧师徒三人随一"村

《孙悟空三打白骨精》中，父亲六龄童饰孙悟空，筱艳秋饰白骨精

姑"离去，赶忙前来保护师父。父亲用灵活、急促的脚步上场，与"村姑"四目相对，双眼圆睁，显示出高度的警惕性，同时通过反复闻嗅，断定这是妖怪变化的，便大喝一声："啊！妖怪……着打！"手起棒落，将"村姑"一下打死。这一棒要利落轻快，调度不宜太大，因为一打时既没有唐僧给予的压力，也没有来自师弟的烦扰，打得轻而易举。打死"村姑"后，悟空拍膝大笑，显示出他爽朗乐观的性格。

其次是"嬉打"。白骨精变化为"老妪"，故作焦急地前来寻找其"女儿"。当她发现"女儿"的尸体后，她上前扑地号哭。唐僧被弄得不知所措，"老妪"步步进逼，甚至坐地撒泼，声泪俱下，唐僧内疚万分地招认害死其女儿的是大徒弟孙悟空。"老妪"见唐僧承认，不由得暗喜，正要拉走唐僧时，孙悟空一把推开唐僧，用自己的手替代师父的手，让妖怪拉住。待"老妪"拉了三次都拉不动，回头看见孙悟空时，孙悟空怒吼一声"妖怪"，一脚踢开拖着自己的猪八戒，又躲过唐僧的阻挡，以迅雷不及掩耳之势，一棒将"老妪"打死。这种演法比较诙谐戏谑，在形式上避免了与巧打的雷同。

最后是"怒打"。白骨精第三次变化为"老丈"，来势汹汹。唐僧已被妖怪虚伪的眼泪所感动，竟以"人妖难辨"为由主张"纵然是妖……也……不准打"。此时，孙悟空和唐僧之间的矛盾达到了顶峰。孙悟空深感此妖不除，前途危险，最终下定决心，唱出了"金箍棒下绝不留情"这句，推开猪八戒，举棒向"老丈"打去。唐僧阻拦不成，就发狠念起紧箍咒。孙悟空头疼难忍之下，仍然唱出了"你就咒死徒儿，我也不饶这妖怪的命"。父亲在这里处理成咬紧牙关，两眼射出恼怒挣扎的目光，然后用双手猛举金箍棒，全身激烈地颤动着，在即将支撑不住时才挺身而起，一棒将"老丈"打死。

3. 初尝银幕，走向国际

　　1959 年的除夕，浙江绍剧团的演职人员欢聚一堂，共迎新年。在聚会上，父亲告诉大家一个振奋人心的好消息：上海天马电影制片厂要把绍剧《孙悟空三打白骨精》搬上银幕，拍成彩色戏曲电影。

　　浙江省文化局对此事非常重视，立刻成立了剧本整理小组，浙江省文化局副局长王顾明为组长，顾锡东、贝庚两位剧作家执笔。在伯父和顾锡东整理的剧本的基础上，整理小组对剧本进行了较大改动，他们将《孙悟空大破平顶山》《孙悟空三打白骨精》两部戏的内容融合在了一起。电影于 1959 年年末开始筹拍。

　　绍剧《孙悟空三打白骨精》是伯父七龄童于 20 世纪 40 年代自编自导自演的幕表戏，选材于《西游记》中"妖魔三戏唐三藏，八戒智激美猴王"

父亲在电影《孙悟空三打白骨精》中扮演孙悟空的剧照

等章节，偏重刻画孙悟空善辨妖魔、坚决除妖的精神，戳穿白骨精狡诈阴险、诡计多端的嘴脸，批判唐僧慈悲为本、人妖不分的愚蠢，描写猪八戒麻痹粗心、知错能改的厚道性格。

浙江绍剧团在上海天马电影制片厂拍了一年的电影，当时电影厂拍摄棚中有不少剧组在拍戏，如《马兰花》《小刀会》《关汉卿》，还有缅甸朋友的舞蹈等。

在上海天马电影制片厂的食堂，父亲常常可以看到著名电影表演艺术家白杨、赵丹、王丹凤、凤凰等在排队就餐，彼此慢慢熟悉起来。

《孙悟空三打白骨精》的导演杨小仲对父亲、伯父的表演敬仰不已，常常被兄弟俩的即兴表演逗得哈哈大笑。如果杨导认为这个动作或这个形象欠佳，父亲和伯父就立即变换表演方式，一条过不去再拍一条，直到杨导满意。杨导曾用"聪明绝伦，变化多端"八个字称赞伯父和父亲的表演，认为章氏两兄弟是我国剧坛难得一见的艺术天才。

1960 年年末，电影《孙悟空三打白骨精》摄制结束，天马电影制片厂与浙江绍剧团决定于 1961 年元旦在上海大舞台公演七天，剧目是《徐策跑城》《孙悟空三打白骨精》，登出广告后戏票很快就售罄了。不料第一天演出当晚，开演前发现二哥小六龄童把父亲的一只孙悟空头套丢在了电车上，这可把绍剧团的演职员们急坏了。无奈之下，父亲试探着向"南派"猴戏的代表人物、新民京剧团的小王桂卿先生询问可否借用他的孙悟空头套。《徐策跑城》即将结束时，孙悟空头套借来了，除了小王桂卿先生的头套还有他的兄弟小二王桂卿先生、小三王桂卿先生的头套。小王桂卿先生表示每个人的头大小不一样，多带几个回去请父亲试试，以保证他能顺利演出，成为一段艺坛佳话。

戏曲电影《孙悟空三打白骨精》上映后发行了 72 个国家，1963 年

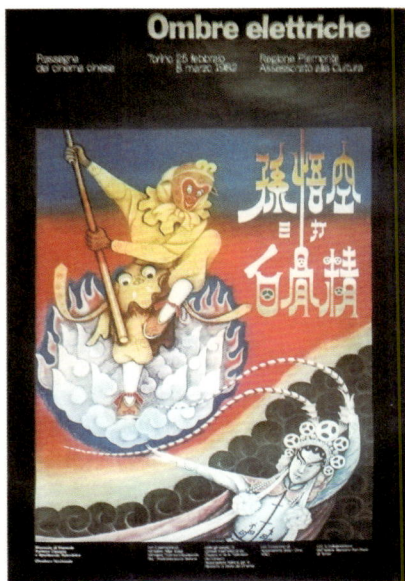

戏曲电影《孙悟空三打白骨精》的电影海报，这部电影甚至在1982年登上意大利都灵国际电影节，将中国传统文化传播到更广阔的国际化的舞台

获第二届大众电影百花奖最佳戏曲片奖，在国内外享有盛誉。《孙悟空三打白骨精》这出戏也三次北上、两次南下演出，走遍了大半个中国，盛誉无数。这个时期，浙江绍剧团的演员阵容完整，行当齐全，乐队庞大，舞美基础扎实，呈现一派欣欣向荣的景象。

在江苏淮安的美猴王世家艺术馆内专门有一块《雷锋日记》的铜牌，是 1962 年 2 月某日雷锋看了电影《孙悟空三打白骨精》后专门写的观影感想。我是偶然在从潘家园收集到的《雷锋日记》书中看到这篇文章，之后特意到军事博物馆复印后留存为珍贵的资料。当这块铜牌在美猴王世家艺术馆展出后，曾引起很多人的好奇。

4. 绍剧北上，誉满京城

1958 年上半年，浙江绍剧团准备去北京演出。浙江绍剧团的业务虽然很好，但总是在江浙沪演出，作为团长的父亲认为，即使绍剧属于地方剧种，也要在全国打开局面，特别要向首都北京发展，让北方的观众也了解、喜欢绍剧。

北上演出在五一国际劳动节期间直达北京，而并没有一路巡演到北京，演出的剧目有《孙悟空大破平顶山》《龙虎斗》，小戏《芦花记》《香罗带》《女吊》，还有现代剧《关不住的姑娘》等，主要演员有父亲、伯父、筱昌顺、陆长胜、陈鹤皋、章艳秋等剧团的六个顶级头牌。

剧团在吉祥戏院演出时，时任全国政协副主席、中国科学院院长郭沫若先生前来观看了《龙虎斗》并给予了高度评价，还上台与父亲等主要演员交谈、留影。

周恩来总理由时任文化部部长周扬、浙江省文化局副局长王顾明等陪同，观看了在北京政协礼堂演出的绍剧《芦花记》，这是他第二次观看绍剧演出。演出结束后，周恩来总理、周扬部长、王顾明副局长等走上舞台，祝贺大家演出成功。周总理要求父亲多培养青年接班人，并与

郭沫若看《龙虎斗》后，与我的父亲六龄童握手、交谈

大家亲切合影。

浙江绍剧团除了在吉祥戏院演出，还在长安戏院、天桥剧场轮流演出，精彩的表演受到北京观众及文艺界同行的热烈欢迎。这次进京演出取得了巨大成功，是绍剧史上的第一次。

回到浙江后，有一天，剧团在杭州红星剧场为全国各省市领导同志做招待演出，演出过半，父亲从后台走下扶梯时不小心摔了一跤。经西山医院检查，诊断为左脚外侧骨裂，不得不住院治疗。事有凑巧，剧团当天接到通知，要到杭州饭店的小礼堂为毛主席演出《孙悟空三打白骨精》。父亲听到有机会给毛主席表演非常高兴，希望可以带伤表演，但省文化局领导考虑到父亲身上的伤，极力劝阻父亲弃演，就这样，父亲错过了这次难得的机会。

幸运的是，为毛主席演出的机会再次出现。1961 年下半年，浙江绍剧团接到通知，再次进京演出。他们要在 10 月 10 日到中南海怀仁堂为毛泽东、刘少奇、邓小平等党和国家领导人演出。听到这个惊人的好消息，父亲激动异常。

这次演出的意义非同寻常，每个演员都打起十二分精神，以"战斗"的姿态投入演出，严肃认真自是不用多言。作为主角，父亲更是不容自己有半点差池，他把平时练好的所有艺术技巧都用在孙悟空身上。演出时，父亲全神贯注，一心只想着把戏演好，不敢有一丁点儿的分心。直到整部戏接近尾声，父亲扮演的孙悟空变成金蟾大仙进了魔窟，听唐僧唱"悔不该错把妖魔当善人……"时，才得以通过头套的眼孔，看一看台下的毛泽东、刘少奇、邓小平等国家领导人的身影。父亲清楚地看到，毛主席穿着一件白衬衫，坐在第五排中间，饶有兴趣地观看着演出。

演出结束谢幕时，演员们站在台口，注视着毛主席慢慢站起来，向舞台上挥手。离开座位后，他走过舞台停下来，对演员们微笑并多次挥手示意。

没多久，负责警卫的一个同志过来祝贺，他说，毛主席和中央首长们都很忙，也都看完了整部戏，真是难得。他还说，毛主席对此戏非常感兴趣，并为之鼓掌六次。当猪八戒从天王寺逃脱并露出疲于奔命的样子时，主席哈哈大笑。后来，当主席看到悟空变成老妖并做出各种滑稽动作时，再次大笑。

郭沫若先生前后六次看了《孙悟空三打白骨精》的影片和舞台剧演出，写下了《七律·看〈孙悟空三打白骨精〉》：

> 人妖颠倒是非淆，对敌慈悲对友刁。
> 咒念金箍闻万遍，精逃白骨累三遭。
> 千刀当剐唐僧肉，一拔何亏大圣毛。
> 教育及时堪赞赏，猪犹智慧胜愚曹。

　　看过演出一个月之后，毛主席于 1961 年 11 月 17 日，写下了《七律·和郭沫若同志》：

　　　　一从大地起风雷，便有精生白骨堆。

　　　　僧是愚氓犹可训，妖为鬼蜮必成灾。

　　　　金猴奋起千钧棒，玉宇澄清万里埃。

　　　　今日欢呼孙大圣，只为妖雾又重来。

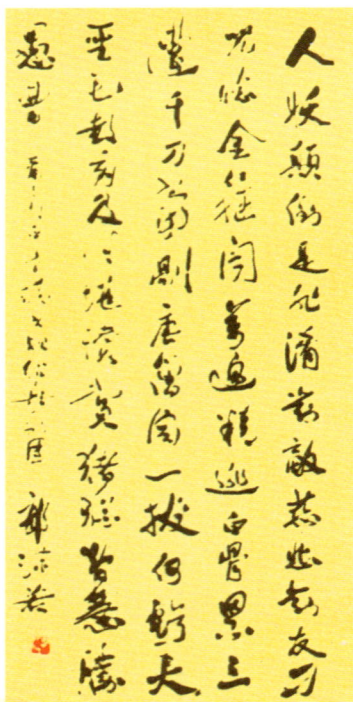

郭沫若先生赋诗　　　　毛泽东主席赋诗

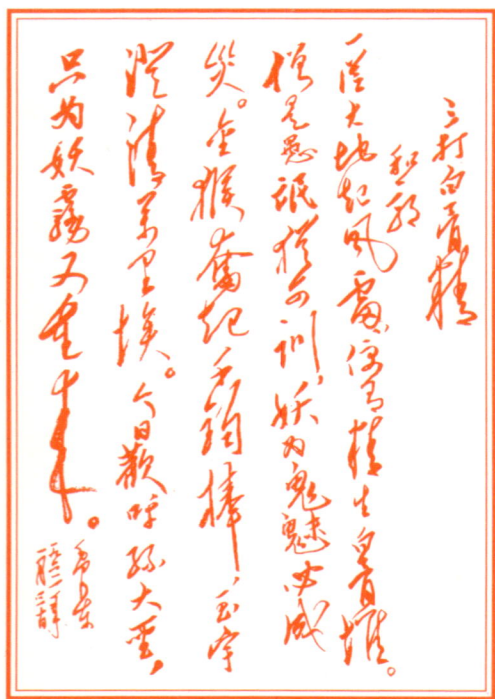

董必武同志与毛泽东主席等观看《孙悟空三打白骨精》的舞台剧演出后，于 1961 年 12 月 29 日提笔赋诗一首：

骨精现世隐原形，火眼金睛认得清。

三打纵能装假死，一呵何故昧前生。

是非颠倒孤僧相，贪妄翻腾八戒情。

毕竟心猿持正气，神针高举孽妖平。

戏曲电影《孙悟空三打白骨精》获第二届大众电影百花奖最佳戏曲片奖后，著名剧作家田汉也为此片作诗一首：

岂止西天路不平，道高千丈万魔生。

何处借得猴王棒，打尽人间白骨精！

董必武同志赋诗　　　　田汉先生赋诗

5．为母则刚，生生不息

我经常对人说，如果父亲是我的艺术楷模，母亲则是我的人生导师。

绍兴老家三埭街一家旧布店店主严炳炎、高冬梅夫妇有两个女儿，母亲严茶姑是大女儿，小女儿年幼病亡。母亲生于 1923 年 3 月 1 日，从小聪明伶俐，活泼可爱，而且上过私塾，有着大家闺秀的气质，十五六岁已经出落得如花似玉，美丽动人。外祖母高冬梅与祖母周凤仙有点亲戚关系，旧社会认为亲上结亲是好事，而且母亲的外公高春兰一眼就相中了英俊帅气、有事业心的父亲，祖父、祖母也非常喜欢母亲。男才女貌、门当户对、双亲祝福，在 1942 年的某个黄道吉日，18 岁的父亲与 19 岁的母亲喜结良缘。

外祖母是个眼光独到的女性，发现了父亲是个潜力股

我的母亲身上有着中国传统女

性的所有优点：勤劳持家，相夫教子。母亲从小上私塾，却没有参加过一天社会工作。有一段时间流行妇女就业，政府也为愿意工作的女子做了安排，但母亲没有参加，因为家里孩子多，她怕照顾不过来，让孩子们受委屈。在一个女人最美好的年华里，母亲所做的就是怀孕、生孩子，再怀孕、再生孩子……直到孩子们长大成才。对母亲来说，孕育生命

母亲和父亲青年时期的合影，两人伉俪情深，相伴一生

如同吃喝拉撒一样自然平常。后来，经济发展了，医疗环境好了，生孩子要做 B 超和各种产前检查，母亲总是觉得不能理解，生孩子怎么变得这么复杂。

家里开饭的时候，母亲总是把饭菜做好、碗筷摆好，等着我们来吃。吃饭的时候，她从不坐所谓的"上座"，而是侧坐一旁，让父亲坐正位。往往要等我们吃完了，她才开始吃，只吃我们吃剩下的那些。母亲对此没有丝毫抱怨，反而乐在其中。母亲偏爱我和章金耀，她会花 7 分钱给我们买一碗粥，同时还会给我们煮一个鸡蛋或松花蛋，然后拿一根线，说："你们看好，从中间分开"。但我们还是觉得多少不一样，总是为鸡蛋的大小争论，于是母亲就让我们轮流挑选。可以说，我是沐浴着母爱长大的，过着衣来伸手、饭来张口的幸福生活。在母亲看来，孩子们吃好了，

她就满足了。

有人问她："你一辈子育有 11 个孩子，这人生还有什么意思啊？"母亲认为虽然她一生默默无闻，但她这一生拥有了最重要的作品——丈夫和孩子们。孩子多了就会吵闹，但吵吵闹闹也是一种幸福。有时候，她会开玩笑说自己简直生活在动物园里，周围都是一群"猴子"。

自从父母结婚以后，母亲便一直陪着父亲，所有的生活都是围绕着父亲展开的。在母亲看来，不管父亲的事业成就有多大，不管他是著名表演艺术家，还是剧团团长，抑或是全国政协委员，只要回家了，就是她的丈夫，她深爱着的孩子的父亲。母亲陪伴了父亲一辈子，即使人生起起落落，她都陪在父亲身边。母亲只认一个理儿：父亲处于低谷时，是她丈夫；父亲站在高光里时，也是她的丈夫。

父亲曾经被拉去集中"改造"，有人去做母亲的思想工作，让她和父亲离婚，母亲对这样的建议置之不理。那个时候，母亲一个人承担了家里的里里外外，还经常带着我去看父亲，鼓励他坚持下去，让他不要放弃。母亲总是对父亲说："只要你能坚强地活下去，就一切都好。"有一次，母亲带着我去看父亲，并给父亲带了一些香烟。看管父亲的人担心我们送去的香烟里藏着纸条，

母亲面对任何事，都笑脸应对，她总给人希望，在最艰难的时刻，她的这种品质拯救了父亲，也扶持了一个家庭

硬是把香烟一支支撕开，最后留给父亲的只剩下一堆烟丝。父亲晚年的时候曾对我说："如果不是你母亲，如果不是你母亲对我的支持和信任，我肯定过不下去了。"

有段时间，家里的经济非常窘迫。父亲每月只有15元工资，这部分钱全部寄回绍兴老家，作为姥姥的生活费。大哥、大姐、二姐已经工作了，他们会把微薄薪水中的大部分交给母亲。但我们家人口多，吃饭的人比干活儿的人多，母亲只能一分钱掰成两半花，努力地打理着这个家。

为了增加收入，母亲带着我们糊信封，还把家里值钱的东西送到寄卖行去，卖了钱就买生活必需品回来。那个时候，我还小，但也没有因为家境的变化而放弃，仍旧一直坚持练功。每天早晨，我会悄悄到浙江绍剧团的练功房练功，趁着剧团演员还没上班，从早上5点练功到7点，每日如此，风雨无阻。每次练完功，我的衣服都会被汗水浸透，母亲每天都为我准备好干净的衣裤，等我一进家门就立马换上。由于家里条件窘困，我没有多余的内衣裤，遇上阴雨天，母亲就连夜把湿衣裤烤干。家里买不起练功鞋，我练功又特别费鞋，母亲就到旧货摊上买旧球鞋给我穿。我练功体能消耗大，吃得特别多，母亲就卖掉自己的衣服换来米面，让我吃饱，她自己却吃稀饭。

在那段困难的日子，母亲默默忍受着各种委屈，坚韧地操持着这个家。无论多么困难，我从来没有看过她愁眉苦脸，更别说流眼泪了。

父亲落实改正政策后，国家补了两万多元工资给他，这在当时是一笔巨款。母亲专门把这些钱留下来，用于报答那些年帮助过我们的亲戚朋友。当年谁借给她三元五元，她就会给人家买一辆自行车，或者买一块手表。她用这种方式践行着"滴水之恩，涌泉相报"的人生信条。这

件事情也深深地影响着我，虽然钱花完了，但亲戚朋友间的情谊更深厚
了，这是多少钱都换不回来的。

　　父亲回家后每天教我练功，母亲负责我的衣食住行。我早上很早起
床，为了不耽误时间，母亲每次都提前一天把我的书包准备好：球鞋、
毛巾、肥皂、两件汗衫——因为怕我练功出汗多，衣服全部湿透，所以
多给我准备一件换着穿。每次我练功回来，两件衣服都湿透了，母亲看
着都会偷偷流眼泪，她是舍不得我吃这样的苦的。

　　等我回想起这段往事的时候，我都会感慨：我的练功衣上混合着我
的汗水、妈妈的泪水和绍兴的井水，可不是一般的练功衣了。那段时间
是我最辛苦的时候，可是现在想起来，却也是我最幸福的日子。在母亲
的言传身教下，我也养成了一辈子都会坚持的好习惯——把毛巾、衣服
叠得整整齐齐。

1960 年 1 月 18 日，外祖母高冬梅生日
时在上海留影，前排左起：三姐章杏卿、
外祖母高冬梅抱着我、四哥章金耀，后
排左起：二姐章艳卿、大姐章蓉卿、大
哥章金彦、母亲严茶姑

「炼丹炉」内

蓄势待发

1. 传播绍剧，亲力亲为

　　1963 年，父亲带领浙江绍剧团南下广东、广西各地做巡回演出，让更多地区的观众了解绍剧。

　　同年 9 月，《孙悟空三打白骨精》《血泪荡》《于谦》这三部剧在南昌、株洲、长沙、衡阳、湘潭、益阳、常德、广州、湛江、南宁、柳州、郴州、桂林等地巡回演出，1964 年 1 月返回。父亲在《于谦》中饰演范广，伯父饰演郕王。在现代戏《血泪荡》中，父亲饰演残忍凶狠无比的任应禄，伯父饰演阴险毒辣、口蜜腹剑的任应福。演出受到各地领导、观众的热烈欢迎，好评如潮。

　　1964 年 10 月，浙江绍剧团先后排练、演出了《智取威虎山》《红霞》《夺印》《迎

《红霞》中，父亲饰游击队长，筱艳秋饰红霞

春花》等大型革命现代戏。

1964年12月，《智取威虎山》在上海共舞台演出，父亲饰演杨子荣，伯父饰演座山雕，精彩的演出得到上海观众的认可。

1965年春节，浙江绍剧团排演了《小刀会》，父亲饰潘启亮，伯父饰刘丽川。《小刀会》在绍兴市东风剧院连演了二十多天，场场爆满，一票难求。

没过多久，浙江绍剧团排演了《节振国》，父亲饰节振国，伯父饰日军彬田队长，他们用生动的表演征服了观众。

以古老的绍剧展现现代生活，用绍剧的传统表演方式塑造新时期的人物群像，这是父亲多年来不断探索的新课题。

父亲清醒地认识到，要将其付诸舞台实践，面临的困难是不言而喻的。现代剧《血泪荡》演出后获得了不小的成功，这不但增强了演员们的自信心，也表明绍剧表现现代生活的道路非常宽广。

舞台上所展现的是全新的生活、全新的人物，但必须用古老绍剧所

《智取威虎山》中，父亲饰杨子荣，用高超的技艺，塑造出精神抖擞、威武神勇的剿匪英雄杨子荣

特有的传统表演形式来表演，否则就不姓"绍"，唱的南腔北调，观众也不会接受。问题的关键是如何既运用又突破这种形式，使它能恰如其分地表现现代生活。

中华人民共和国成立后，父亲曾先后演过不少现代戏，如《水乡红花》《三月三》《智取威虎山》《节振国》等。在演出中，父亲都有意识地借用了大量绍剧传统的艺术形式和表演技巧，能直接用的就直接用，不能直接用的就改良用。但是经过多次实践，总觉得非常别扭，观众评价其为"掺水的老酒"，有些"走味"了，真的是一针见血。

通过总结经验教训，父亲发现"拿来主义"并不是个好办法。就拿塑造人物形象来说，依照绍剧行当肯定是不行的，而逼真地演绎现代人物同样与绍剧的艺术风格不相符，演现代人物不能像演历史人物那样合而为一。如果简单地理解绍剧的继承与发展的关系，机械地搬弄传统戏曲的表演法则，戏曲的改革必将会流于形式，唯一的办法是研究绍剧艺术的普遍规律，融会贯通、全面运用，才能达到准确塑造现代人物形象的目的。

《节振国》中，父亲饰节振国，演绎了一位抗日民族英雄的传奇故事

2. 重塑反派，艺术无界

　　《血泪荡》的演出尝试，使父亲摸索到了塑造现代人物形象的经验。这出戏是绍兴的乡土戏，描写的是中华人民共和国成立前夕绍兴任家畈的地主霸占"救命荡"、农民群众反抗"荡霸"的故事。这是根据真人真事改编的，也可以说重现了旧中国农民阶级与地主阶级之间的仇与恨、血与泪的斗争过程。全剧以地主"笑面虎""出洞虎"强占"救命荡"，霸占农民王桂棠的两亩荡口田为线索，展开了一场复杂尖锐的斗争。

　　这出戏留给演员的表演空间很大，父亲扮演的"出洞虎"任应禄，是一个生性暴戾、专横跋扈的恶霸，他总结出"带行演人""正扮反演"两点经验。

　　"带行演人"是指不严格遵守行当的规格，以人物的性格为主要依据进行表演。父亲为了刻画"出洞虎"的性格，把他归于短打武生行，但又加了些丑角的神态动作，唱腔中掺杂了花脸腔，使角色兼具三行的特点。"出洞虎"出场时，身穿一套白纺绸衫，腰系一根短飘带，头上歪戴着一顶草帽，肩上披了件黄军装，背着驳壳枪，走路摇摇晃晃，看人的眼神如狼似虎。他一只手上拿着一柄白大扇，扇子画着一只猛虎，背面还有题词，这把扇子用来表现该人物假装斯文、附庸风雅的本质；他的另一只手握着两颗铁弹，边走边把玩，看上去悠闲自在，却在细节中暴露着人物凶残的个性。观众一看这个出场行头，便知这是个在旧社会横行乡里、无恶不作的地主流氓式的人物，是活生生的现代人派头。父亲对角色的设计是有讲究的，比如手持白大扇又把玩铁弹的动作，以及令人厌恶的流里流气的蹀步，可以明显看到绍剧武生、小丑的影子。

父亲在旧社会见过不少这样的人物，是很熟悉他们的，过去戏班经常租船到水乡演出，每到一地都少不了受一些"地头蛇"的要挟。他们戴着金丝边草帽，腰间系着飘带，还随身带凶器，艺人们在台上演戏，他们就在台下瞎起哄，无非是要收点保护费，拿点好处。父亲只要一闭眼，这号人就在心中活起来了。

"正扮反演"同样是为了突破行当的条条框框。如果按绍剧行当划分，"出洞虎"可以化装成一个黑旋风李逵那样长满络腮胡的彪形大汉，归入净行。但父亲觉得这样就流于脸谱化了，观众一看就知道是个凶残的莽汉。于是父亲便来了个"正扮"，化的是生角脸，眉清目秀，仪表堂堂，只是在眼角上画了一条刀疤，这一设计画龙点睛，观众立马能知道他是一个打架大王。另外，作为生角，父亲用上了那柄出戏的大折扇，这是借鉴了传统戏《三雅园》的表演。这柄扇子比一般的扇子大，拿着它也颇具文气，但拿在"出洞虎"手里则不同，他逞威风时突然将扇开合，

《血泪荡》中，父亲饰二老虎"出洞虎"任应禄，拓展了艺术的边界，令观众耳目一新

很出性格；当他发火时，用这柄大折扇戳人的脸、打人的头，又可暴露出他的暴虐本性。因此，从表面上看"出洞虎"是个正角，但他的行为举止又暗示了他是个反角，这不但没有给观众生硬的感觉，反而给观众留下了鲜明的印象。

父亲对《血泪荡》的武打设计也进行了一些探索。

这出戏的武打场面安排在最后一场《伏虎》中。解放军的大部队来了，欺压农民、血债累累的"笑面虎""出洞虎""雌老虎"落荒而逃。谁知，在任家祠堂门前，仇人狭路相逢，一场殊死搏斗不可避免。最后，任乌龙带着解放军赶到，与垂死挣扎的"出洞虎"正面交锋，终于将"三虎"打倒在地，除了这三大祸害。

这一场的打戏分为两个层次。第一个层次是"瞎斗"，是瞎了眼的"笑面虎"与被地主挖掉双眼的任老爹之间的打斗。这里的打斗设计尽量避开了传统的"把子"打法，而是设计现实中的打架动作，使"争斗"场面更加逼真可信。这段小开打跳脱了传统武打的套路，接近于生活中的搏斗，具有一定的生活气息。

第二个层次是"大斗"。当"出洞虎"抓住任老爹举刀欲砍时，任乌龙从高墙翻下，逼视"出洞虎"，狗腿子乘机将"笑面虎"背走，而任老爹则被王桂棠的妻子腊梅等群众救下。这段戏将生活中常见的殴斗场面进行了舞蹈化的处理，不仅使观众有身临其境的感觉，也得到了赏心悦目的艺术享受。

《血泪荡》的武打设计真实感强，去除了生搬硬套旧程式的痕迹，获得了观众的认可，父亲他们每次演到此处，台下都报以热烈的掌声。这表明戏中的武打与剧情是相融合的，既打出了剧情节奏，也打出了人物性格，引起了观众的共鸣。

3. 父爱深沉，笑对苦难

父亲一直乐观地对待生活的磨难。他对我们说，在他漫长的人生路中，经历了三种角色：龙、虎、狗。"龙"是指早期被国家领导人盛赞；"虎"是成为名角时的意气风发；"狗"则是在无处申辩人生低谷的时候。父亲认为无论做龙、虎还是狗，都要坦然处之，乐观对待。当下的年轻人，恐怕不能理解父亲这一辈演艺工作者对毛主席、周总理这些国家领导人的感激之情。我父亲这一代人身上，有着鲜明的时代痕迹：他们饱尝过旧时代艺人的苦难，深切知道新社会对戏剧艺术的保护和扶持是极为难得的。他们把这种感激聚集在带领他们翻身做主人的革命领袖身上，这种深沉的感情，不会随着时代的变迁而淡漠，也不会因自己遭受的苦难而变味。

父亲的这种乐观精神，也鼓励我在面对困境时，要扛得住、放得下。深处迷茫中的我，不知所措，是父亲给了我走下去的勇气。当我处在人生风波的时候，我想到了父亲，如果父亲还活着，看到这种场面一定会让我乐观地对待这一切，鼓励我笑对"八十一难"。

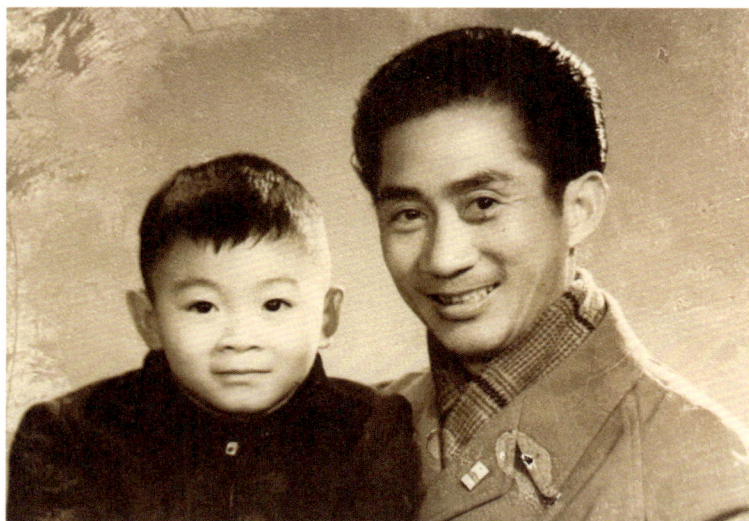

我与父亲的合影，父亲乐观和坦然的精神一直鼓舞着我

4. 天妒英才，二哥早逝

　　父亲一生的最大的遗憾便是二哥小六龄童章金星过早离世。我的二哥直到去世的时候，还一直以"六团长"称呼自己。面对二哥的离世，父亲总是责怪自己，怪自己对二哥管教太严。

　　二哥是父亲认定的最合适的"猴王"传人，父亲把所有精力都放在他身上。正当二哥的生命要大放异彩的时候，天妒英才，1965 年 9 月，15 岁的他被诊断患上了白血病。

　　父亲的子女虽多，但他对每一个孩子的爱都是无限的。无论谁都是

章金耀（左）、小六龄童（中）、我（右）

他最亲的骨肉，无论谁的离开，都会让他悲痛欲绝，何况二哥是他一早就认定的接班人！二哥很小的时候就在剧团出出入入，是和他相处时间最多的一个，也是照顾他生活起居最多的一个。父亲每每想到这里，都会伤心落泪，怪自己没有尽到做父亲应尽的义务。二哥病倒后，父亲心里背负着深深的负疚感，总是悔恨自己对儿子关心太少，总是责怪自己没有让儿子好好休息。那些日子，他总是奔走在绍兴与杭州之间，托亲朋好友，遍访名医，只要能救二哥的命，他愿意付出一切。

1956 年，小六龄童与章金刚合影。两位哥哥的早夭是父亲心中永远的痛，父亲在能走动的时候，会去给两位哥哥扫墓

父亲请来了大名鼎鼎的血液病专家郁知非教授、赫赫有名的中医研究所所长潘澄濂所长、名满江南的中医大师叶熙春先生，但是他们都认为要治疗这种病实在是无能为力，只能试试看。父亲还给郭沫若先生写了封求救信，郭老对二哥得这种病深感惋惜，他在回信中叮嘱二哥千万要振作精神，还开来了药方，让二哥试试看。杭州的医生们为挽救二哥竭尽了全力，但终究没能留住二哥宝贵的生命。

我熟悉孙悟空、想演孙悟空、演好孙悟空是从二哥给我讲《西游记》的小人书开始。二哥在病危住院期间，只要精神好一些，就会给我讲《西游记》的故事，把我带入一个前所未闻的世界里。当二哥搜肠刮肚把所知道的《西游记》故事全部告诉我，再也讲不出新内容后，他就每天给我一毛钱，让我到医院拐角的书摊去租小人书看。

二哥在弥留之际，曾对我说："我就要死了。"

我问："死是什么意思。"

二哥说："死就是你再也见不到我了。"

我问："那要怎么样才能再见到你。"

二哥说："如果你演成了孙悟空，你就能见到我了。"

……

这就是二哥对我的临终遗言，住院期间他的枕头下面一直放着与周总理的合影。

1966 年 4 月 13 日，我 7 岁生日的第二天，年仅 16 岁的二哥与我们永别了。去世的前一天，二哥躺在病床上在半昏迷半清醒的状态下为我庆贺了生日。

悲痛之余，父亲把目光慢慢地投向了我。

一天，父亲让我跟他把木头拉到锯板厂锯板。在等待的间隙，父亲找了个树荫，开始一招一式地教我练功，还从锯板厂捡了根细木条当作金箍棒，手把手地教我舞棒，我们父子自此开辟了流动课堂。

5. 偷偷学艺，坚持不弃

后来，父亲再也没有条件对我言传身教了，就想方设法给家里写一封信，让我直接去找他的老师、上海戏曲学校的武功老师薛德春先生。

最终我成了薛德春先生的关门弟子，薛老师教过父子两代美猴王，成为一段艺坛佳话。但当时我受父亲影响，是不被允许学艺的。薛老师和我都想到在《西游记》里菩提祖师半夜三更偷偷教孙悟空学艺的故事，我们决定如法炮制，只不过把学艺时间定在凌晨五点。

没有练功房，晴天就在人民广场一个偏僻的角落，雨天就在上海服装公司门前长廊的一个自行车棚里。无论赤日炎炎还是寒风刺骨，我多年如一日，坚持天天练功，练完功连早饭也不吃就去上海宁波路第三小学上学了。

一次，我不到五点就去了人民广场，突然想起前两天练的单前扑。此前做这个动作都是在薛老师的保护下做的，这回为什么不自己单独试试看，难道上台演戏也要老师保护不成？想到做到，我就开练了，结果还是功力不够，用力过猛，头砸到地上，前额摔出一个很大的口子，当即晕倒。薛老师来了看到我头破血流的样子，急忙把我送到医院缝了八针。

五行山下

重获新生

1. 十年坚守，迎来转机

1971 年 9 月，毛主席来到杭州视察，并通过电视转播观看了绍剧《智取威虎山》的演出，演出中穿插了著名绍剧表演艺术家陈鹤皋、著名京剧表演艺术家宋宝罗的清唱。看完演出，毛主席询问《孙悟空三打白骨精》中的演员还有哪些在演出时，问到父亲的情况，得知父亲还戴着"戏霸"的帽子，便问："怎么这只猴子，还压在五行山下？应该让他出来见见世面。"

堂兄章金云回到绍兴后，偷偷去看父亲，兴奋地告诉他："毛主席他老人家记得你这个孙悟空呢！"

父亲听了激动得热泪盈眶，不敢相信这是真的，感觉像是在做梦，脑海中浮现出十年前在怀仁堂演出时见到毛主席的情境。

父亲悲喜交加，大病一场，开始咯血，病情严重，被堂兄紧急送进绍兴第二医院抢救，被诊断为急性胸膜炎，经过医生的全力抢救，最终转危为安。

父亲终于从"五行山"下被放了出来，虽然还不能演出，只能在剧团里拉大幕做道具，但总算可以指点我学艺了。我也回到了绍兴，在第

父亲授艺于我和堂兄七小龄童，我们源源不断地接受着来自父亲的艺术滋养

一初级中学寄读。父亲的病房成了我的练功房，他不顾病重，每天总会教我一段，每次教我的时候他都格外精神。

父亲对我特别溺爱，每次我拿大顶，规定要顶半个小时，我刚刚顶到十分钟，汗水下来了，父亲一看就心疼，急忙说"下来下来，好了好了"。他也特别不愿意看我练功，尤其是当我练那些危险的技巧时，他总是借故躲开不看，怕我出意外，只好"眼不见为净"。因此，父亲被称为"外婆师父"。我知道，父亲之所以溺爱我，是因为前面两个哥哥的去世，他害怕再失去一个儿子。

2. 死里逃生，猴王出山

父亲从医院出来后不久，浙江绍剧团结束了省里的招待演出，他们回到绍兴，将《智取威虎山》演出所用的服装、道具、布景、灯光等暂存于绍兴城区第一中学的大礼堂，由父亲负责看守。

当时正值台风季节，第 11 号强台风袭击了浙江沿海一带，危及绍兴，风力增至 12 级以上。父亲晚上早早地把大礼堂的门关好，摊开地铺休息。台风越刮越大，后半夜台风吹得大礼堂的房梁吱吱作响，父亲被突然惊醒，非常害怕，打开大门向外逃。他前脚刚跨出去，突然一声震天巨响，"轰"地一声，整幢大礼堂倒塌了。父亲毫发无损，奇迹般地死里逃生。

1976 年，浙江绍剧团去舟山部队慰问演出，父亲被批准一同参加，但被分配拉大幕、管道具。不知是谁向一位部队的首长透露《孙悟空三打白骨精》的主演六龄童也来了，首长高兴地到后台与父亲见面交谈，并盛情邀请他为战士们表演。慰问团的领导同意了这个要求，于是身患胸膜炎的父亲用找来的杆子表演了绍剧《白水滩》的武打戏。这是父亲重获艺术生命后第一次登台演出，这次演出似乎告诉世人，久压在五行山下的"南猴王"要重新出山了。

父亲与猴子结缘，他将猴戏表演得惟妙惟肖，最终成长为南派猴王

　　1978 年秋天，经上级批准，绍兴地区绍剧团被取消，恢复了浙江绍剧团的建制，父亲任团长，他的艺术青春再度焕发。

　　《孙悟空三打白骨精》的复演工作，从中央到地方，各级领导都给予了关怀和重视。浙江绍剧团又不断接到招待外宾和中央领导演出的政治任务，媒体持续采访报道，为《孙悟空三打白骨精》的复出预热。父亲这只被压在"五行山"下的"孙悟空"，眨着"火眼金睛"又重新蹦了出来。

3.《火焰山》下，好评如潮

　　1979 年，浙江绍剧团恢复排练了由伯父原始编、导、演，父亲主演的优秀神话剧《火焰山》，包括《孙悟空收服红孩儿》《三借芭蕉扇》两部分内容。在浙江省首届戏剧节上，《火焰山》荣获优秀表演奖。截至 1983 年，《火焰山》已连续上演 800 余场，除了在本省各地演出，1982 年到南京、无锡、苏州、上海等地巡演，每地至少演出十场，受到当地观众的热捧，连加座票也很快售罄。

　　《火焰山》是绍剧全本《西游记》中的一出，由父亲与伯父共同整理并演出，浙江省著名编剧顾锡东、双戈、贝庚等于 1979 年改编，父亲演出了千余场。1983 年，《火焰山》在浙江省首届戏剧节参演时得到了广大观众和戏剧界同行的赞誉，并荣获优秀演出奖。

　　《火焰山》与其他猴戏最大的不同是，用喜剧性的表演手法来刻画孙悟空的机智、诙谐、爽朗。新版本为了强化这一表演效果做了不少的改动：红孩儿听信谗言，受狐烟、狼火的挑唆，要与孙悟空一决高下来显示自己的武艺高强，孙悟空顾及自己与牛魔王的兄弟之情，不论红孩儿如何气势汹汹，只在不得已时才做些微的反击，尽量不伤到红孩儿。

父亲在《火焰山》中饰演孙悟空，父
亲独特的表演手法以及创新的服饰造
型，赢得广大观众的称赞和追捧

这样的改动，缓解了两者间的冲突，增添了表演的喜剧色彩。《火焰山》
这出戏主题鲜明，寓意深远，有较强的思想性，而且构思精巧，文辞质
朴诙谐，使得喜剧色彩愈加浓烈。演出的情节妙趣横生，不只让人忍俊
不禁，还给人以表演的艺术享受。

《三借芭蕉扇》中的"三借"手法各不相同，父亲为此下了一番功夫，
力求三次"借"的表演各具特色，并且多面地展示孙悟空的性格特征。

一借芭蕉扇是孙悟空与铁扇公主的第一次正面交锋。孙悟空和气地
赔着小心与报仇心切的铁扇公主展开了有趣的周旋。

二借芭蕉扇是围绕定风珠展开的。定风珠是二借芭蕉扇这段戏的中
心道具，一开始也许并不为观众所注意，但父亲认为作为演员必须下功
夫，"以小见大"地刻画出孙悟空求珠心切和得到定风珠后的喜悦，用
细微的动作展现人物机灵诙谐的性格。

更加妙趣横生、令人捧腹的部分是三借芭蕉扇。这场戏讲的是，二人

经过一番周旋，最终在观音菩萨的斡旋下冰释前嫌，铁扇公主出借了宝扇。

丰富的情节使全场的气氛异常热烈且欢快。父亲将孙悟空变作小虫飞入芭蕉洞的戏改成以孙悟空的真身模拟虫形，使演员有充分施展演技的余地。父亲在这段戏中，运用了手舞足蹈的表演手法，与饰演铁扇公主的演员配合默契，力求以虚见实，化不可见为可见，充分发挥戏曲艺术善于拟人的长处。这种表演手法，既突出了孙悟空的睿智及乐观，又增强了这部戏的艺术感染力，让整个舞台充满情趣。

为了突出《火焰山》的喜剧感，父亲对孙悟空的服装做了改变。这与《孙悟空三打白骨精》中使用的涂金棍且一棍到底无变化完全不同。这部戏里的孙悟空身穿淡天蓝衫加红色袈裟，头戴硬边和尚帽，金箍棒的花纹两头白中间黑，并随着剧情的进展加以调换。除此之外，父亲在紧箍上加了双排水钻，远远望去，闪闪发亮，好看极了。父亲总是习惯性地对自己饰演的人物进行从内到外的有益创新，这与他一直以来的戏曲观是分不开的。父亲认为：剧中人物的化装造型以及小小的道具等，都要与全剧的风格相协调，绝不能忽视。

从《火焰山》在各地巡演时观众的热烈反响看，此剧有着独特之处，是继《孙悟空三打白骨精》之后又一部掀起观众热捧的传统翻新戏。

父亲一直有个愿望，即继《孙悟空三打白骨精》拍成电影后，希望把《火焰山》也拍成电影。此时《孙悟空三打白骨精》的导演之一杨小仲已去世，父亲请来另一位导演俞仲英及上海电影制片厂的有关人员看戏，经过几番研究讨论，最终没能搬上银幕，成为父亲一生中的憾事。后来谢晋导演与父亲在开政协会议时见面提到这件事，说可能不拍比拍更好，由于七龄童、筱昌顺等当年搭档的演员已去世，很难达到当年《孙悟空三打白骨精》的水准……

4. 一九七九，献礼《于谦》

1979 年是中华人民共和国成立 30 周年，文化部举行了大规模的庆祝献礼演出活动，绍剧团被邀携新编历史剧《于谦》向中华人民共和国成立 30 周年献礼。

为了这次演出，《于谦》的原编剧双戈、魏峨对剧本进行了几次修改，绍剧团也调整了演员阵容，力求演出效果达到最佳。于谦一角由十三龄童（王振芳）饰演，原父亲饰演的紫荆关总兵范广一角由我的堂兄小七龄童饰演，父亲演瓦剌国太师。戏排好后，先到上海的中国大戏院公演，然后再到北京，参加庆典演出。

《于谦》这部戏要在上海演出的消息，一公布就引起了轰动，海报、广告铺天盖地，票友们更是翘首以盼。1979 年 6 月 14 日，《浙江日报》刊登文章《一出推陈出新古为今用的好戏、上海观众为绍剧〈于谦〉拍手叫好》。也有报纸称："浙江绍剧团演出的大型历史剧《于谦》在上海受到广大观众的热烈欢迎。"

上海观众称剧中主人翁于谦可信、可近、可亲、可敬。看过戏的观众一致认为，这个人物写得很真实，演得很到位。这部历史正剧《于谦》

还原了真实的历史，还原了真实的于谦，将于谦置于他所处的年代之中，没有把现代人的思想、感情、语言强加于他，所以大家觉得非常真实。而且作为历史名人，于谦的个人魅力也是极大的，他处处以国家为重，廉洁方正、刚正不阿的品格打动了每一个观众。他的故事激励了人心，给人以力量。

文艺界的同行称赞绍剧团前有《孙悟空三打白骨精》誉满全国，又有好戏《于谦》，为戏曲界做出了突出的贡献。

浙江绍剧团于 1979 年 8 月 20 日在北京首演，受到文化部、中国剧协等单位的领导和马少波、马彦祥、郭汉城、刘厚生、张庚、舒模等戏剧评论家的盛赞，他们称绍剧团为"一代演员"。《光明日报》记者赵镜明在 1979 年 8 月 24 日第 3 版刊登了一篇题为《古老剧种开新花——记绍剧〈于谦〉在北京的演出》的文章。

父亲把演戏比作打篮球，他认为演员之间要有交流，既不能抢主角的戏，又要完成各自的任务。在这一台戏里，父亲和另外三位导演要求演员们哪怕是跑龙套也要把自己置于剧情中，也就是说每一个人都有戏，每一个人都在戏中。

在北京演出期间，浙江绍剧团邀请了我国著名京剧艺术大师梅兰芳的夫人福芝芳、秘书许姬传、长子梅绍武、女儿梅葆玥和尚小云的夫人，著名京剧表演艺术大师高盛麟等观看了《于谦》的演出。福芝芳等前辈与父亲亲切交谈，对《于谦》给予了很高的评价。

5. 戏比天大，载誉而归

1980 年，浙江电视台为父亲录制了艺术片《六龄童与猴子戏》，我与堂兄小七龄童及浙江绍剧团的部分演员参加了拍摄，该片录像带远销东南亚及欧美国家，广受赞誉。

1981 年 6 月，我国京剧艺术大师、著名表演艺术家李万春先生看过我父亲的《孙悟空三借芭蕉扇》后，与父亲进行了南北猴戏的交流，父亲和李万春先生等一起观看表演，并上台为青年猴戏演员做示范表演，当时《人民日报》《解放日报》《文汇报》都以《南北猴王大聚会》为题做了报道。据报道，这是自清末中国猴戏形成以来南北猴王第一次大聚会，南北猴戏艺术家共同切磋、探讨中国猴戏艺术的发展、繁荣，可谓"猴戏表演艺术"的一大盛事。俞振飞先生、刘斌昆先生、李仲林先生等京剧名家见证了这个激动人心的时刻。著名漫画家苗地先生以此为题画了一幅漫画《南北猴王图》发表在 1987 年 6 月 17 日《人民日报》上，我从 2004 年起就一直在找这份报纸，其间联系到苗地先生，但苗地先生因年事已高无法找到此报，终于在 2016 年猴年从网上买到此报，这是李、章两家珍贵的文字史料。

左：刊于 1987 年 6 月 17 日《人民日报》的《南北猴王图》漫画，记录了南北猴王切磋、探讨猴戏艺术的闪光时刻
右：20 世纪 80 年代初，南北猴王聚会于上海，进行了亲切的交流

　　1981 年，上海电影制片厂根据鲁迅先生的小说《阿 Q 正传》改编的同名电影剧组到绍兴拍摄，岑范导演向父亲询问了以前绍兴的情况，还请父亲演戏中戏的绍剧《龙虎斗》的呼延三赞，同时兼饰演赌头等群众角色。父亲身上有着老艺人"戏比天大"的品质，无论叫他演什么，哪怕是一句话也没有的龙套角色，他也不会有任何的不乐意。只要组织需要，只要剧情需要，他都会全力以赴，认真表演。在拍戏过程中，岑范导演发现缺少一个演革命者的演员，便找到父亲说："章老，你能不能从你们剧团里给物色这么个角色？"父亲说："可以，我明天就把剧团里合适的人都找来，由你来挑！"

　　第二天，父亲便把剧团里的年轻人都带到仁立学堂，正巧那天我从杭州的浙江昆剧团回家，听说父亲去小学校了，就去仁立学堂看望父亲。导演挨个看了看后，用手指着我说："嗯，就定他吧，我看他挺合适！"角色选定后导演才知道我是六龄童的儿子，便笑着说："真凑巧，竟然把章老的儿子给选中了！"

　　岑范导演后来一直与我保持着书信往来，尤其是我接拍电视剧《西游记》主演孙悟空之后我们多次通信，岑导鼓励我继承传统，努力创新，期待我塑造一个全新的美猴王孙悟空的形象。

1987 年，父亲编、导、演的《孙悟空大闹乾坤》获浙江省第三届戏剧节荣誉奖。

1988 年 9 月，父亲口述、陶仁坤整理的自传图书《取经路上五十年》由上海文艺出版社出版发行，曹禺先生题写了书名，绍兴老乡周建人先生为书作序。

附：

一部艺术取经记（代序）

周建人

一九五八年，我到杭州工作，工作之余或者陪着外宾时常去看绍剧。其中有一出著名的戏，就是六十年代初被搬上银幕，并且誉满全国的《孙悟空三打白骨精》。扮演孙悟空的是六龄童（章宗义），扮演猪八戒的是七龄童（章宗信）。这两个角色演得惟妙惟肖，最受观众欢迎。

《西游记》是一部神话小说，作者吴承恩塑造了一位神通广大的猴王。他疾恶如仇，正直善良，足智多谋。在他的金箍棒底下总是邪恶遭到毁灭，正义得以伸张。我国劳动人民都非常喜爱这个主人公。在人民的心目中，孙悟空是正义、勇敢、智慧和富有创造活力的化身。要在舞台上演好这个角色是很不容易的。特别是孙悟空既是一个人，但又不是人，是猴子变成的人，是神化了的人。他有人气，又有猴气，更有神气。要把这人气、猴气、神气在一个角色上表现出来，确实很不容易。但是六龄童却扮演得出神入化。只要他那张猴脸一出现在舞台上，台下的观众就被吸引住了，他的一眨眼、一招手都会赢得观众的热烈掌声。这正是因为他的一举一动都体现了孙悟空的性格，把人气、猴气、神气融为一体的缘故。三打白骨精的"三打"更是一步一步地表现出了孙悟空不屈不挠、忠心耿耿、机智勇敢的个性，使观众获得真、善、美的艺术感受。

六龄童这套深湛的表演艺术是得来非易的。可以说，他和孙悟空一样，同样是在历尽艰险，经过了几十年的认真钻研和刻苦磨炼，最后才取得了艺术的真经。现在六龄童把他走过的艺术道路写了出来，这便是一部艺术的取经记。青年艺术家们可以从这部取经记中学到如何攀登艺术高峰的经验，从事其他工作的同志也可以从中得到取得各种"真经"的启示。

一九八三年十二月，时年九十五岁

父亲常说："把一生献给钟爱的艺术，让'章氏猴戏'为祖国的民族瑰宝添上更绚丽的一笔是我毕生的心愿。"

1992 年，父亲赴日本参加"中日邦交正常化 20 周年暨东京'92 国际演剧节"纪念公演，并担任艺术总监及指导，在艺术节上演出《孙悟空三打白骨精》，获得了艺术节颁发的最高荣誉"神女奖"。

1992 年，父亲获国务院政府特殊津贴；2002 年，荣获浙江省有突出贡献老艺术家金质奖章；2011 年，获中国剧协颁发的"突出贡献奖"。

左：1992年，父亲出访日本演出《孙悟空三打白骨精》时的海报
右：1992年，父亲在日本演出间隙，将近七十岁的父亲身穿西服，潇洒依旧

父亲从上海到北京参加政协会议时，与我和女儿妞妞

子承父业

取经不易

1. 初试猴戏，情定一生

　　我高中毕业后，回到上海。当时，我已接到有关方面的通知，可以到上海青浦县的机关上班，捧一个铁饭碗，但我依然坚持要当一名演员。除了父亲，家里几乎所有人都对此表示反对，但我决心已定，还是那句话：我一定要演美猴王，我一定要做孙悟空！

　　当时，父亲依然担任浙江绍剧团团长，我做出了一个令人意想不到的决定：为了方便考试，我把户口从上海迁到绍兴，在那里开始自己的艺术之旅。

　　回到绍兴，我成了待业青年，没有工作和收入。

　　我开始为我的演艺生涯打算，第一步就是报考剧团。然而，父亲所在的浙江绍剧团当时有规定，不得招收艺人子弟。后来，绍兴体委来招体操运动员，我参加跑步考试，刚跑了一半就摔倒了，选拔无望；再后来，有个一杂技团主动要我，可却是让我去当杂技团的底座；上海越剧团同意招我，但又规定必须要上海户口……

　　一次次的失败，一次次的寻求，让我筋疲力尽，还好我一直没有放弃，终于等到浙江昆剧团的招生。凭着多年苦练的功底，以及央视版电

1981 年 5 月 26 日晚，彩排昆剧《三借芭蕉扇》后在团部留影

视剧《西游记》中扮演唐太宗的张志明先生等人的推荐，经过严格的考试，由浙江昆剧团的团长周传瑛老师、王传淞先生等老一辈艺术家及很多老师坐镇，我荣幸地考上了浙江昆剧团学员班。

1978 年 8 月 16 日，我去浙江昆剧团报到，成为该团的学员，从跑龙套开始学艺。

1981 年 3 月，浙江昆剧团的团领导决定，让我开演猴戏，同时担纲排演一台昆剧猴戏《三借芭蕉扇》。这部戏由父亲教授，王茹萍同学与我同行，到浙江衢州跟随在那里演出《火焰山》的浙江绍剧团的演员学习。后来专门从小班调来最好的文武俱佳的邢金莎同学扮演铁扇公主，除了保留由昆曲传统的《借扇》中大家熟悉的精华部分，又融入了父亲的绍剧章氏猴戏的艺术风格。3 个月后，《三借芭蕉扇》在浙江省人民大会堂首演成功，著名京昆艺术大师俞振飞先生挥毫题词"形神兼备"，对我的演出成功表示祝贺，令我受益终身。

我在昆剧《三借芭蕉扇》中饰演孙悟空

2. 天赐良机，试镜西游

　　1981 年，日本电视连续剧《西游记》在中国中央电视台播出，剧中所有的人物、情节都是日本主创的设想。他们不一定能想到《西游记》是中国古代文化的精华，单纯地认为《西游记》只是一部童话动漫，把《西游记》拍成了一部动漫真人版，设置了只有在日本动漫剧中才会出现的场景。中国观众看了不满意，各方的批评越来越多，这部戏只播了两集就被叫停，这在中央电视台是史无前例的。

　　这件事启发了中央电视台：我们的古典名著《西游记》日本人能拍，我们自己怎么不能拍？中国人的经典名著还是要由中国人来拍，时任副台长洪民生先生作为决策者与推动者之一，最终决定由资深导演杨洁来执导《西游记》。主创人员一致认为，孙悟空是《西游记》里最重要的角色，要想拍好《西游记》，孙悟空的人选是关键之关键，孙悟空这个形象必须塑造好。

　　杨洁导演为了寻找饰演孙悟空的合适人选，开始在北京找演员。她先后跟许多演猴戏的名家接触，都因艺术创作上的分歧而罢休。剧组主创人员本着"忠于原著，慎于翻新"的原则，认为电视剧《西游记》不

我在昆剧《百花赠剑》
中饰海俊

我在昆剧《蜈蚣岭》中
饰武松

是戏曲片，在实景中拍摄应该更生活化。

就在杨洁导演多方寻找"孙悟空"无果时，突然想到了我的父亲"南猴王"六龄童，她曾在20世纪60年代作为戏曲导演给父亲的演出录过像。杨洁导演认为，如果父亲年轻20岁，他就是孙悟空一角最理想的人选。

杨洁导演立即给我父亲打电话，说明事情原委后问道："你家小六龄童还演戏吗？"这一问勾起了父亲的伤心往事，但他没露声色，而是对杨洁导演说："请你到我这里来看看，我相信你一定能够在我这里找到合适的演员出演孙悟空。"

杨洁导演兴奋得当晚就买好了到绍兴的火车票。

1981年12月31日，刚刚从外地演出回来的我与父亲去绍兴火车站接杨洁导演。在火车站接到杨洁导演后，我们三人回到家里。杨洁导演迫不及待地问父亲："我什么时候才能见到小六龄童啊？"

父亲脸色黯然地说："小六龄童是我的二儿子，很不幸，他在1966年就已经去世了。这是我的小儿子章金莱，现在在浙江昆剧团，请你看看他行不行。"

杨洁导演相信"南猴王"是不会贸然推荐人选的，但面对生涩的我还是感到有点意外——这么个瘦弱而又文质彬彬的孩子能演好叱咤风云的孙悟空吗？

她抱着试试看的想法让我即兴表演一下。我马上拿起一根棍子，表演了一些孙悟空的动作和喜怒哀乐的表情，她觉得还不错。

父亲又向杨洁导演推荐了我的堂兄七小龄童章金元扮演猪八戒，当时堂兄正随绍剧团在上虞演出，于是我们三人随即赶到上虞。杨洁导演让我与七小龄童都试着表演看看，我俩只穿着戏装，没有化妆演了一段。杨洁导演看过后说："我现在能定下六七成，最终要回去上报台领导，大家讨论决定。你们先做好准备，等着我的通知吧！"

在等通知的一个多月里，父亲对我进行了"临阵磨枪"式的训练。他带我去公园里看猴子，给我讲孙悟空身上的人、神、猴三种属性如何融在一起；讲他所演的三十六本绍剧连台本戏《西游记》的故事。父亲还带我去拜访了国画大师程十发、中国动画之父——《大闹天宫》的导演万籁鸣、中国连环画鼻祖赵宏本、《三毛流浪记》的作者张乐平等艺术界的老前辈，从他们那里汲取养分。

那时候，我对自己的前程感到十分迷茫，对能否在电视上扮演美猴王孙悟空并没有任何把握。我忍不住把心中的困惑说给父亲听，父亲想了想对我说："你能演好！"

在父亲的鼓励和教导下，我勤练武功，期望有一个远大前程

3. 进京赶考，六小龄童

我们在全力备战电视剧《西游记》的时候，收到了杨洁导演让我们"进京赶考"的电报。

1982年2月2日傍晚，我与父亲、堂兄七小龄童乘飞机奔赴北京，住在煤市街北京市委第三招待所内的一座三层小楼里。第二天上午，招待所的会议厅变身为考场，洪民生副台长，编剧戴英禄、邹忆青，化装师王希钟，副导演荀皓、任凤坡坐成一排。上场之前，父亲悄悄地对非常紧张的我说："别紧张，平时怎么练就怎么演，我给你敲锣打鼓。"

面试官们坐成一排，虽然已经做好了准备工作，但是我内心非常紧张

在父亲用嘴"敲"出的锣鼓点声中，我渐入佳境，顺利地表演了《三借芭蕉扇》中的一折。

正当我自我感觉良好、沾沾自喜时，杨洁导演突然让我即兴演一个小品，这个小小的考验是想看看我的表演功底如何，把我从戏曲表演的范畴推到了影视表演的范畴。戏曲表演强调的是程式化，影视表演强调的则是生活化。在此之前，我没有任何话剧和影视表演经验，但所谓"箭在弦上，不得不发"，而人在考场，只能考官考什么我就答什么。我照着平时的练习，"随意"表演了猴子偷桃的动作，也许是过于紧张，我竟然把桃子比画成西瓜那么大，在场的人都忍俊不禁。接着，我与堂兄配戏演了一段。演完后，我们在房间里休息，等待考试结果。

虽然等待的时间不长，但对我而言，却非常煎熬。我发现，这段时间我在父亲的帮助下，几乎每天都在想猴子、看猴子、练猴子，甚至假装自己是猴子，我已经不知不觉地深深爱上了孙悟空这一角色，有一种演好他的强烈愿望。既不想辜负父亲的期待，也不想辜负二哥的嘱托。但考官那边好像没什么动静，我们越等心越慌，越等越觉得没戏了。其实在来北京之前，父亲已为我们做过思想工作，告诉我们即使落选，也没有什么太大的关系。

在焦急的等待中，杨洁导演和洪民生副台长终于上楼了。我们急切地期待洪台长说出结果，可洪台长却像个没事人一样，跟我们拉起家常，对卸了装的我说："没想到你这么年轻"。说完，他又转身与父亲谈起了拍《西游记》的宏伟计划。谈完话，洪台长等人转身要走，我心想："完了完了，他们来只是出于礼貌和安慰。"洪台长突然转过头来，说："哦，我们决定借调你们两个来中央电视台拍戏，你们回去办手续吧！"

当晚，中央电视台及一些媒体就报道了《西游记》剧组选定我和七小龄童分别为孙悟空、猪八戒的扮演者的消息。后来，因种种原因，堂兄未能加入《西游记》剧组，很是遗憾。也是从那时开始，我有了"六小龄童"的艺名，因为二哥的艺名是"小六龄童"，所以到我取艺名时，父亲只好把这四个字颠倒了下顺序，叫我"六小龄童"。

孙悟空的人选定下了，但当商借公函发到我所在的浙江昆剧团时，团里要收借用费，双方经过沟通顺利解决。

1982 年 4 月 4 日，这一天对我们猴王世家来说非同寻常。那天晚上，父亲对第二天就要乘火车去北京的我，做了临行的最后交代，他说："我在绍剧舞台上从《猴王出世》《大闹天宫》《三打白骨精》一本一本地演，演了几十年，到 36 岁时才留下了一部电影《三打白骨精》。《西游记》这部小说成书 400 多年来，中国顶级的媒体第一次要把它完整地演绎出来。你才 23 岁，中国有几亿人，让你捡到这么大一个馅饼，以后就要看你怎么把它做好了。我当然会支持你，你甚至可以踩在我的肩膀上，但所有的路要靠你自己去走。你一定要演好孙悟空，这不仅是关乎你个人的事，也是关乎我们整个猴王世家、关乎整个剧组的事，更关乎中国猴戏艺术的传承与发展。"

观察猴子是必修课

左：我和著名昆剧表演艺术家俞振飞合影
右：我和北猴王李万春合影

　　说完，父亲又拿出他为了让我演好猴戏精心拍摄的一千多张猴子各种造型的照片，郑重其事地交给我。他让我把照片带到剧组学习，同时又叮嘱我："不要一味模仿，只是把这些照片当成学习的素材。在剧组，主要还是听导演的。"

　　最后父亲跟我"约法三章"：不要想家，团结同事，不谈恋爱。

　　我默默地点了点头，把父亲的嘱咐牢牢记在心里。第二天，我登上了北上的列车，正式踏上了"取经之路"。

　　拍摄电视剧《西游记》期间，我遵照父亲的要求，每到"取经"新地，都会抽空拜访当地的文化名人，几年间陆续拜访了表演艺术家李洪春、李万春、高盛麟、袁世海、傅德威、张云溪、王金璐、李元春等，以及中国武术家、猴拳猴棍的创始人"猴王"肖应鹏先生，还拜访了川剧表演艺术家阳友鹤、周企何，闽剧旦角表演艺术家郑奕奏等人。

4. 初战失利，重燃斗志

1982年7月1日，央视版电视剧《西游记》的试集《除妖乌鸡国》在江苏扬州正式开机，同年10月1日在中央电视台播出后，观众的反应并不理想。杨洁导演认为我演的孙悟空像个猎户，我则觉得自己演得像个大猩猩。

面对来自各方的批评，我感到异常疲惫和苦闷。关键时刻，四哥章金耀从家里寄来一封信：

金莱弟弟：

你好！十月一日晚上九点，绍兴电视台转播《西游记》试集《除妖乌鸡国》，咱们全家都坐在电视机的屏幕前观看，因为父亲正巧也从杭州演出归来。

双亲和我看了试集后，总的感觉还是不错的，你们的导演和演员是花费很多心血、付出了很大代价的。希望你们今后不懈地追求，能够拍出更理想的片子来。不少亲友纷纷到家里来祝贺，我在路上也遇见你们中学里的老师和同学，也都说对你的表演很感兴趣。

　　但是，我们也听到了另一方面的反映，说你演得太呆板，缺少灵气。我觉得，有许多地方是很值得你思考与改进的！

　　首先，你没有把握好孙悟空是人、神、猴三种个性融为一体的特点。你在突出人情味方面的同时，忽视了孙悟空的神性与猴性。父亲演的猴戏之所以能被广大观众所接受，同时又被内行们所称道，这主要是他在表演中融会了悟空的猴的生物特性、神的法术威力和人的崇高品质，塑造出一个机智勇敢、疾恶如仇的齐天大圣形象来。你在来信中谈到了北京观众的一些意见。对于这些，双亲和我们都是想象得到的。但对我们这儿的人来说，更喜欢猴的灵活、嬉戏等特性。你应当以戏曲中的孙悟空为基础，适当地收拢一些就可以了。因为戏曲舞台中的孙悟空已经演过了几百年，在民众中间有深远影响，且为广大群众所喜闻乐见。

　　其次，就是你的演出生活化太重，戏剧化不足，相比之下，我们倒觉得八戒演得更为戏剧化一些，因而也就显得更生动活泼一些。你太拘于生活化，从而也就限制了你的表演长处。父亲在杭州时，一位老友也跟他谈过类似的话。

　　总之，我们是希望你能多多吸收各派猴戏的长处，努力探索与创新，克服一切困难险阻，创造一个人人喜欢的美猴王形象来。

哥哥金耀

1982 年 10 月 19 日

　　让我感到欣慰的是，杨洁导演依旧对我完全信任。亲朋、观众的鼓励助我重燃斗志。很多热心的电视观众也给我写信，鼓励我继续演好孙

《西游记》在绍兴拍摄期间，父亲来到剧组探班

悟空。夏衍先生还专门为我题词"愿在荧光屏上大显神通"。当我坚持不下去的时候，我还会想起二哥对我说的话："如果你演成了孙悟空，你就能见到我了。"我告诉自己，如果我不把握好这次机会，如果我不能咬紧牙关挺过去，我一定会遗憾终生！

5. 猴王之子，大圣之父

　　1984 年除夕，我回绍兴家里过年，晚上同父母、哥哥一起坐在电视机前，收看中央电视台播放的《计收猪八戒》《三打白骨精》。

　　父亲的心情很不平静，我在试集《除妖乌鸡国》中演得不成功，他的心头沉重了很长一段时间，耳边也听到不少的议论，他为我着急，比当年为他自己在艺术上的不成熟更要苦恼。父亲把自己所听到的声音和他自己的一些看法，都让四哥章金耀写信详细告诉了我，同时把自己积累的猴戏表演资料寄给我，让我再用心去琢磨。父亲怀着一颗淬铁成钢的爱子之心，关注着我的每一点进步。看到我在这两集中的表演，发现我不断前进，并已初步显露出才华，悬在父亲心中已久的石头才缓缓落下来。他望着坐在眼前的我，眼角流露出了不易察觉的笑意。

　　1984 年 2 月 4 日的《新民晚报》发表了中国动画之父、艺术大师万籁鸣先生看过《计收猪八戒》和《三打白骨精》后的采访：

　　　　昨晚，优秀美术动画片《大闹天宫》的编剧、导演、八十四岁高龄的著名艺术家万籁鸣在家看完了两集《西游记》的电视片后，高兴地说："不错，不错，拍得比试集《除妖乌鸡国》大有进步了，很有看头。"

年逾耄耋、步履稳健的万老先生是戴着助听器看完《计收猪八戒》和《三打白骨精》的。

万籁鸣观后告诉记者，电视片拍到现在的程度是不容易的。它不像动画片那么自如，孙悟空上天入海，一翻就是十万八千里。它要受到真人表演的限制。与试集相比，现在电视特技的手段运用丰富熟练了，外景选得也好，镜头也活了，神话色彩加强了，不像过去在表现腾云驾雾时总使人有两个画面叠在一起的虚假痕迹。

他说，孙悟空、猪八戒、员外女儿等演员演得不错。在试集中，孙悟空只注意武打、搔痒、神变等外部表演，现在则加强了对孙悟空的感情、性格的刻画，表演也干净利落。如孙悟空在计收猪八戒时，没有一味表现武打，而是突出了他在降服猪八戒时的机智、诙谐的性格和情趣。他认为，孙悟空应该是人的感情性格，神的千变万化和猴的机灵三位一体的。万籁鸣还称赞了猪八戒在月宫调戏嫦娥这段戏中的神话色彩，称赞了饰员外女儿的演员在当新娘和当孙悟空时两种不同性格的表演。

当记者问到两集中唐僧不是一位演员，孙悟空、猪八戒的化装前后不一等问题时，万籁鸣说："系列片应该要完整。电视片是在摸索中不断修正的，我感到，后一集中孙悟空瘦脸型和猪八戒的长嘴巴更符合角色形象。"

在问到他对整个系列片的希望时，万籁鸣恳切地说：唐僧的戏似可加强，表情也应丰富。白骨精可以瘦些、凶些，以表现妖精特点。神话色彩还可加强，如白骨精的妖洞，恐怖气氛还应更浓些。总之，这部片子拍得不错，而且也会越拍越好。

1986 年春节期间，《西游记》前 11 集在中央电视台播出，受到了国内观众的一致认可，中央电视台收到了上千封观众来信，其中多数以极大的热情赞扬《西游记》的拍摄成功。

1987 年春节期间，我又回绍兴去探亲。大年初一的晚上全家在电视机前收看了《齐天乐——〈西游记〉迎春晚会》。父亲看了我表演的《猴嬉》，心中很有感触。

第二天，父亲将一根木棍扔给我，带上三姐的儿子朱荣一起到院子里切磋交流。

父亲当时虽已 63 岁，但在艺术上一直不服老。浙江绍剧团已改名为浙江绍剧院，父亲做了院长。父亲对于舞台艺术的热情不减当年，虽然他的体力不比年轻的时候，但艺术造诣却更加深厚。一直以来，父亲从来没有在意过地位和身份，只要有演出机会，不论是什么角色都乐意承担。

父亲对艺术的追求永无止境，我在他的辅导下成长极快

上：在《西游记》剧组，我与
武术指导林志谦等人在练功
下：《西游记》大火，父亲非
常开心我有这样的成绩

我们走到院子里，三代美猴王前扑后跳地翻打起来，纷纷拿出自己的看家本领，准备大展拳脚、比试比试。说实话，真正论起艺术功底，姜还是老的辣，在许多地方，父亲表现出的艺术生命力，是我与朱荣所不及的。

比练了好一会儿，父亲让我们停了下来，我们跟着父亲在院中的古树下休息，父亲认真剖析我们不足的地方。父亲说："艺无止境！你现在可以说是刚刚过河，前边的路还远着呢，'取真经'决不是一件容易的事，任重而道远！你还要不断地翻腾、攀登、苦斗！路，不容易走呀！去西天的路，就更不容易了！"

我刚进《西游记》剧组的时候，很多人见了我就说"这是孙悟空的儿子六小龄童"。等央视版《西游记》播出获得成功并蜚声海内外时，很多人见到父亲就说"这是孙悟空的爸爸"了。这样的称谓有些颠三倒四，多少有些让人哭笑不得，父亲明明是绍剧扮演美猴王孙悟空的一代宗师，却被人称作"孙悟空的爸爸"，但我知道，父亲打心眼儿里为我高兴，他很欣慰我有这样的成绩。

走出国门
情缘万里

1. 父子同行，献艺马来

在《西游记》剧组的日子里，我与担任场记工作的于虹相知相爱，拍完《西游记》后，我调到中央电视台中国电视剧制作中心工作，并与于虹在北京成了家。

1988 年 3 月，以我们父子生活艺术经历为题材的人物传记——《两代美猴王》由北方文艺出版社出版发行，深获好评。

1989 年 2 月 26 日—4 月 14 日，我与父亲作为中国民族艺术团成员应邀前往马来西亚的吉隆坡、槟城、怡保、美里、诗巫、古晋、沙巴等

左：1989 年 2 月，父亲与我站上马来西亚的舞台，为观众展示《两代美猴王》的风采
右：1989 年 2 月，父亲与我在马来西亚演出间隙接受媒体采访，场面热闹非凡

地演出，同行的还有电影《刘三姐》中刘三姐的饰演者黄婉秋等。

马来西亚的观众20世纪60年代就看过父亲主演的戏曲电影——《孙悟空三打白骨精》，我主演的央视版电视剧《西游记》又创下马来西亚最高的收视率，所以，艺术团每到一个地方都受到热烈欢迎。

1989年2月26日，在吉隆坡国家体育馆万人剧场举行的首场演出座无虚席，马来西亚劳工部部长李金狮亲自到场为演员献花，不少新加坡的观众还专程乘飞机赶来，以睹我们两代"美猴王"的风采。父亲以戏曲孙悟空装扮、我以电视剧里孙悟空的装束合演了新编《两代美猴王》，20分钟的精彩表演把观众看得如醉如痴，不时报以热烈掌声，马来西亚的报纸在报道中称："60年代和80年代父子美猴王，首次联袂献艺，乃艺坛盛事……一个宝刀不老，一个风华正茂。"

1989年4月14日，在马来西亚沙巴大礼堂举行告别演出时，观众更是依依不舍，盛况空前，不少人和艺术团挥泪作别。

2016年11月21日，我作为"2016年世界杰出名人榜"评选委员会荣誉主席、中国区荣誉主席，参加在马来西亚首都吉隆坡举行的"2016年世界杰出名人榜颁授典礼"，并参加了一系列文化活动。参加活动之余，我于11月24日在马来西亚国家体育馆故地重游，感慨万千。

马来西亚各大报纸对中国民族艺术团在马来西亚演出的报道，这些旧报纸见证了那个精彩纷呈的艺术时代

2. 《猴王》上映，心愿了却

从马来西亚演出回来后，父母多数时间在上海的大哥家住，我经常去上海探望父母。我们依旧在一起讨论怎么把戏演得更好，父亲不时还会教我几招，让我受益匪浅。与此同时，我与父亲一起参加了大量演出、节目的录制：1991 年 12 月 31 日，参加中央电视台春节戏曲晚会的录制，

1992 年，父亲和我参加猴年春晚《父子美猴王》，为广大观众带来了欢声笑语

表演《父子美猴王》；1992 年 1 月 1 日，参加上海电视台春节晚会演出，表演《父子美猴王》，这个节目还被插播在中央电视台春节晚会中；1992 年，参加中央电视台《综艺大观》节目的直播；1992 年，湖北电视台为我们父子拍摄专题片《父子美猴王》，

于1993年春节期间在中央电视台播出，获得了中外观众的好评；1995年，参加中央电视台《戏曲欣赏》节目的录制；1996年，由杭州电视台拍摄、我担任艺术指导的专题片《六龄童》获得了全国综艺电视类最高奖——"星光杯"一等奖。

1993年，我们父子主演了讲述我的二哥小六龄童短暂一生的八集电视连续剧《猴娃》，父亲饰演我的祖父章益生，我饰演父亲六龄童。1993年12月19日，我与父亲参加了在中国儿童少年活动中心举行的《猴娃》首映式，王光美、林佳楣等领导同志出席了这次活动，时任广电部、文化部的领导都到现场观看了首映。

《猴娃》这部剧首映后，1994年年初在中央电视台播出，深受海内外观众的喜爱，并荣获了当年两个电视剧大奖——第14届"飞天奖"最佳儿童连续剧奖及第12届"金鹰奖"最佳儿童连续剧奖，领导同志也为该剧题词祝贺。我个人也荣获第12届"金鹰奖"最佳男配角奖，成为"金鹰奖"史上第一个两次获此殊荣的演员。在第12届"大众电视金鹰奖"颁奖晚会上，我与父亲还共同表演了《父子美猴王》。

1998年6月17日，我与父亲及迟重瑞、马德华、闫怀礼应越南胡志明市人委会、胡志明市文化暨新闻厅的正式邀请，随中国广州艺术团赴胡志明市，参加为期8天的胡志明市建市300周年庆典表演。我们父子同台演出的《父子美猴王》深受当地影迷欢迎，在胡志明市引起巨大轰动，掀起一股《西游记》的热潮。还记得那次，众多影迷骑着摩托车，拿着手电筒，排成浩浩荡荡的队伍，护送我们回到下榻的饭店，现场非常壮观，越南人民对中国传统文化的尊崇、对《西游记》和孙悟空的喜爱，深深地打动了我们，那些场景一直留在我们的脑海里，难以忘怀。

上：1998 年 6 月，父亲和我随中国广州艺术团赴胡志明市参加胡志明市建市 300 周年庆典表演，演出《父子美猴王》节目
下：《西游记》续集拍摄期间，父亲与杨洁导演在绍兴合影

拍完央视版电视剧《西游记》后，我看了很多反映周恩来总理的影视作品。有一次，造型师王希钟说我的脸型很像周总理年轻的时候，这句话在我的心里慢慢发芽，之后，我请造型师给我做了造型，造型出来后，确实与周总理非常像。于是，我开始筹划电影《1939·恩来回故里》，2000年，电影开机拍摄，好友郭凯敏担任导演，那一年，我和1939年的周恩来总理都是41岁。这部电影旨在艺术地再现敬爱的周恩来总理1939年3月28—31日的短短3天里，因抗战机缘来到故乡，夜以继日工作的种种场面。

我扮演周恩来总理成了全家的一件大事，父亲出任艺术顾问，76岁的他凡重场戏必到，给我各种"挑刺"，称得上"吹毛求疵"，一点都不马虎。行不行，像不像，曾经听过周恩来总理教诲的父亲最有发言权。

戏拍完后，我与父亲参加了上海东方电视台《戏剧大舞台》节目的录制，父亲讲述了当年与周总理见面的情境。

3. 退而不休，文化传承

　　2000 年 9 月，我与父亲参加了在杭州举办的"我最喜爱的大众电视形象明星"评选颁奖活动。这一由观众投票评选的活动是由创办了"电视金鹰奖"的《大众电视》等主办，在颁奖活动上，我们父子与影视演员及歌唱演员欢聚一堂，为观众表演节目。

　　2002 年冬，我参加电视剧《啼笑因缘》的拍摄，拍摄之余去外地参加演出活动，并抽空到上海看望父母。说来也巧，在机场遇上了中央电视台八套《影视同期声》的记者，遂邀请他们到家中采访了父亲。

　　2004 年农历猴年到来之前，我与父亲接受了一系列访谈节目的录制：2003 年 11 月 27 日，参加上海东方电视台戏剧频道《经典回眸》节目的录制；12 月 2 日，参加中央电视台十一套戏曲频道《九州戏苑》节目的录制；12 月 23 日，在上海东方电视台戏剧频道录制了访谈节目；12 月 26 日，录制中央电视台新闻频道《新闻会客厅》。

　　2004 年农历猴年，我与父亲参加了一系列活动：2004 年 1 月 16 日，在上海书城为传记《六小龄童·猴缘》签售；6 月 19 日，参加中央电视台《艺术人生》节目的录制；9 月 27 日，在江苏楚州区（原淮安市）

参加美猴王世家艺术馆开馆仪式；11月4日起，连续几天，在上海接受吉林卫视《回家》节目的随机录制；12月5日，在上海参加中央电视台十一套戏曲频道《九州大戏台》节目的录制。

值得一提的是，2004年12月30日，在北京儿童医院主办的"金色童年儿童新年音乐会"上，我代表我的父母，将浙江省委宣传部颁发的1万元奖金捐赠给北京扶助贫困儿童就医健康基金会，接受捐赠的李仲智院长代表基金会和被帮助的小朋友向我的父母颁发了捐赠证书。

2005年，年过八旬的父亲仍旧忙碌：1月9日，接受天津卫视《星光家园》节目的采访；8月中旬，接受中央电视台少儿频道《小时候》节目的采访；12月18日，在绍兴参加绍兴艺术学校建校25周年举办的"绍剧起源"座谈会。

这一年的10月8日，我与父亲在江苏淮安参加吴承恩纪念馆建成开馆暨《吴承恩与西游记》电视剧启动仪式，父亲对着吴承恩先生的塑像深深鞠躬，感谢吴先生养活了我们猴王世家。导演阚卫平看到此情此景深受感动，最终邀请我在电视剧《吴承恩与西游记》中饰演吴承恩。

2006年3月22—26日，我与父亲在上海参与天津卫视《中国人》栏目的《六龄童》专辑拍摄。

2006年3月27日，我与父亲参加上海东方电视台文艺频道《百年流声——纪念越剧诞生100周年电视文艺晚会》的直播，我在晚会的一个小品中饰演祖父章益生，再现了绍剧艺术家迎接越剧入沪的情境。父亲在接受主持人曹可凡采访时，与徐玉兰回顾了当年合作演出的往事，这是我最后一次与父亲共同参加节目录制。在后台，我们父子呼吁要保护老闸大戏院，并希望把它改建成越剧、绍剧博物馆，得到了越剧名家的积极响应。可惜的是，没过多久，老闸大戏院就被拆除了。

上：2003 年 7 月，父亲和我在上海合影
下：2004 年 6 月 19 日，父亲和我参加央视《艺术人生》栏目的录制

堂兄小七龄童为纪
念伯父七龄童逝世 40
周年所著的《"活八戒"
七龄童 ·"南猴王"
六龄童》一书于 2007
年 9 月出版。2007 年 9
月 28 日，父亲与堂兄
在绍兴胜利东路新华书
店为新书签售。

2006 年 3 月 27 日，父亲与越剧名家徐玉兰见面，二人回忆往昔的点滴，历历在目

　　浙江绍剧团已改名为浙江绍剧艺术研究院，每逢有重大活动父亲都会被请到现场。2011 年是毛泽东为绍剧《孙悟空三打白骨精》题词 50 周年，剧团推出了隆重的纪念活动，87 岁高龄的父亲连续参加、观看青春版绍剧《孙悟空三打白骨精》首演、五代绍剧演员共同演出《孙悟空三打白骨精》纪念版专场演出等活动，浙江绍剧艺术研究院朱燕院长向父亲献上 99 朵玫瑰花。

　　2012 年，父亲成为国家级非物质文化遗产绍剧的代表性传承人。

　　2012 年 7 月，父亲在接受媒体采访时表示还想再登台演出，希望办一个"六龄童艺术馆"，让猴王世家的精神流传下去。接受采访时，他还活灵活现地挠手、眺望、挠痒、眨眼，甚至还做了直腿弯下腰，双手撑地等动作。

2011年，父亲参加毛泽东为绍剧《孙悟空三打白骨精》题词50周年纪念活动

猴王西游

终其一生

1. 终身成就，至高荣誉

2013 年 3 月，绍剧《孙悟空三打白骨精》开始全国巡演，出征前父亲被请去给演员们壮行。

2013 年 10 月 16 日，中国文联在北京宣布第 13 届中国戏剧节将于 11 月 9 日在苏州举办，父亲与张春华、杜近芳、郑榕、蓝天野、徐玉兰等六位 80 岁以上的艺术大家获得了 2013 年"中国戏剧奖·终身成就奖"。父亲是浙江省至今唯一荣获此奖项的戏剧名家。

中央电视台戏曲频道《戏曲采风》栏目已提前得到父亲获奖的消息，栏目编导于 2013 年 10 月 15 日下午携中国当代著名人物画家、中国画僧史国良先生，到位于绍兴八字桥旁的父亲家中进行采访。采访中，编导对父亲在绍剧电影《孙悟空三打白骨精》塑造的美猴王形象及在艺术上的无私传承、培养了一批优秀的绍剧猴戏青年演员给予了高度评价。史国良先生也说："我从小就是看着《孙悟空三打白骨精》长大的，对六龄童老先生在电影中孙悟空精湛的艺术表演，至今还历历在目，记忆犹新。"

采访结束后，史国良先生专门为父亲画了一幅人物肖像，父亲在画像上挥笔写下了"六龄童"三个大字。

上：父亲获得 2013 年"中国戏剧奖·终身成就奖"，父亲是我们整个猴王世家的骄傲，他是我们后世人杰出的榜样

下：十年之后，2023 年 10 月 15 日，猴王馆在浙江绍兴上虞道墟正式开馆。图中是堂兄小七龄童、我、堂兄七小龄童

2. 父亲病危，亲人相聚

2014 年 1 月 19 日晨，父亲因病急送医院救治。我得到消息后，立刻订了 13:50 从北京至杭州的国航 CA1716 次航班，16:15 左右到达萧山机场后，等待从上海赶来的大哥、大嫂、大姐、二姐后同去绍兴，直奔医院四楼父亲所住的病房。

病房内堂兄七小龄童章金元夫妇、小七龄童章金云夫妇等已先期赶到探望，我与哥哥姐姐先后与老父亲交流，他的意识很清醒，可以正常地反应。我握着父亲的手有五六分钟，能感受到他的手还是很有力的，也感觉到他知道我们在与他交流。从病房出来后，值班医生向我们简单介绍了父亲的病情，主要是感冒发烧加上老年慢性支气管炎，各项指标总体上正常。看到父亲病情稳定，我们一大家子才放心去吃饭。饭桌上，大家一起讨论了父亲的病情，纷纷献计献策，希望老父亲可以尽快康复。

次日上午，我们一大家子和堂兄一大家子再次去医院探望，老父亲比前一天的精神要好一些。医院院长兼党委书记葛孟华先生、父亲的主治医师陈岳华女士等再次向我们介绍了父亲的病情，表示目前情况不错，正在一天天好起来。他们还说："你父亲作为国宝级的艺术家为我们中华民族创造了这么好的绍剧电影《孙悟空三打白骨精》，你在屏幕上塑造了经典的美猴王孙悟空的形象，父子两代美猴王是我们绍兴的骄傲，希望老猴王能尽快好起来，为绍剧事业、猴戏艺术做出更大的贡献。"

父亲因病住院后，绍兴市政府、市文联及浙江绍剧艺术研究院等有关领导先后到医院探望并送上花篮。

临近春节，父亲经治疗住院十天后，于 2014 年 1 月 28 日出院。

2014 年 1 月 31 日大年初一晚 7 点 08 分，父亲在绍兴家中病逝，享年 90 岁。

父亲虽然已经远去，但是他的音容笑貌永远留存在我们心中

3. 送别慈父，来世再见

　　得知父亲去世的噩耗，我悲痛欲绝，于 2014 年 2 月 1 日赴绍兴老家奔丧，路上忍着悲痛一直在接受各地新闻媒体的采访，当晚见到了父亲的遗容，非常安详。我抑制不住自己的悲痛，跪在父亲遗体前不停地磕头，泪如雨下……父亲家中的灵堂已有师兄弟、亲朋、好友、戏迷等前来悼念。第二天，白天与众亲友、浙江绍剧艺术研究院领导等商量父亲后事，晚上为父亲守了一夜灵。尽管父亲已 90 高龄属于喜丧，我们也都有心理准备，但家里还是感觉像天塌下来一样，全家人沉浸在深深的悲痛之中。

　　父亲的遗体告别追思会于 2 月 16 日（农历正月十七）9 时 30 分在绍兴市殡仪馆蓬莱厅举行。各级领导参加了遗体告别追思会。告别厅内两边大屏幕上循环播放着 1960 年由父亲主演的彩色戏曲影片《孙悟空三打白骨精》，两边摆满了有关单位送的花圈。在鲜花和花圈的簇拥下，父亲安睡般静静地躺着。网友自发所作的横幅"猴王西游，风范长存"、挽联"梨园武生南章北李五百年凤毛麟角，绍剧巨子继往开来千秋岁美誉殊荣"概括了父亲一生崇高的艺术成就。

左上："2014年2月16日，母亲与我的兄弟姐妹在父亲的遗体告别追思会现场，我们内心悲痛，陷入沉思
左下：我代表家人在追思会上致悼词，与父亲做最后的道别
右：父亲是我心中永远的"金猴宗师"

　　遗体送殡仪馆的那天早晨下起了霏霏细雨，遗体告别那天又下起了雨，上天仿佛在为父亲的离去而落泪。政府领导、戏剧界同行、戏迷等近千人冒雨前来与父亲做最后的告别。

　　父亲的遗体告别追思会由时任绍兴市副市长丁晓燕主持，时任绍兴市委副书记尹永杰介绍了父亲的生平，我代表家属发言。我在发言中讲道：父亲对我，艺术上是严师，生活中是慈父，言传身教，苦心传授。既要我掌握孙悟空的基本表演，又要博采众长，独树一帜，特别是根据自身的条件和特长，在艺术创作中有新的创造和发挥。父亲就像《西游记》中的孙悟空，历经了九九八十一难，终成正果。在我们的脑海中千言万语汇成四个字："金猴宗师"，这寄托了儿子对父亲无尽的哀思，也是海内外观众对父亲艺术上的最高评价。

因悲痛，我在发言中几度哽咽，泣不成声。

我们全家都非常感谢各级领导及亲朋好友在父亲去世后的奔波与操劳，感谢大家不辞辛苦、不惧风雨来送父亲最后一程。不少从外地赶来的绍剧戏迷站在雨中，自发打着"艺坛八十载，九十康宁归""南猴王，盖世绝唱；绍剧魂，千古流芳"等黑幅，场面令人动容。

父亲去世的消息，中央和各地方电视台、各主流网络平台，以及越南《解放日报》等国内外媒体都做了报道。我在微博发布父亲去世的那条信息，达到近四千万浏览、十余万次转发，每条关于父亲后事进展的微博都引起了网民们的关注，大家纷纷点起红烛祝愿父亲一路走好。时任越南驻华大使阮文诗、捷克共和国驻华大使利博尔·塞奇卡、加拿大驻华大使赵朴、尼泊尔驻华大使马赫什·库马尔·马斯基、越南文化体育旅游部部长黄俊英，时任泰中友好协会主席韩文华、日中儿童交流协会会长彭鹏等都发来了唁电。

父亲生前一直说他是为孙悟空而生的，临终时还表示要演猴戏，我们与母亲商量，将父亲穿过的戏服、用过的道具随他一起火化。

在追思会接近尾声时，我在父亲遗体前长跪不起，我们父子就此将阴阳相隔。在父亲火化前一刻，我的脑海中浮现出《法制晚报》文章题目所说的"天庭看猴戏，约去六龄童"，从此他与伯父七龄童、二哥小六龄童及其他绍剧前辈继续唱他们钟爱一生的绍剧猴戏。

附：

遗体告别仪式亲属答谢词

尊敬的各位领导、各位亲朋好友：

2014年1月31日（正月初一）晚7点08分，我的父亲六龄童章宗义先生在绍兴家中去世，享年90周岁。今天，我们怀着万分悲痛的心情，举行父亲遗体告别仪式，寄托我们的哀思。在此，我代表我的母亲，代表我的兄弟姐妹，代表我们全家，向今天参加遗体告别仪式的省市各级领导、各位亲朋好友表示真诚的感谢！感谢你们在百忙之中和我们一起，向我的父亲做最后的告别！感谢你们平时对我父亲经常的探望、关怀和慰问！也感谢你们在父亲去世后的奔波和操劳，这一切都给予了我们莫大的安慰和温暖！

父亲生长在戏剧世家，6岁从艺，12岁登台演出，虽没有正式拜过师，但秉承"人皆我师"的信条，虚心向京昆剧等兄弟剧种学习、揣摩、借鉴，把绍剧传统艺术和自身特点有机融合在一起，创造了绍剧"章氏猴戏"，被誉为"江南美猴王"，有"南章北李"（北为李万春先生）的美称。由我父亲主演孙悟空的绍剧《孙悟空三打白骨精》更是成为中国戏曲史上的经典，受到党和国家领导人的充分肯定。毛主席先后两次观看电影，一次观看舞台演出，写下了光辉诗篇，千古绝唱。这既是父亲一生的荣耀，也是绍剧的荣耀。父亲他们还共同创作完成了《西游记》36本连台本戏，成为绍剧史上的开创之举。

我的二哥小六龄童去世后，父亲把希望寄托在我身上。我们既是父子，也是师徒。父亲对我，艺术上是严师，生活中是慈父，言传身教，苦心传授。既要我掌握孙悟空的基本表演，又要博采众长，独树一帜，特别是根据自身的条件和特长，在艺术创作中有新的创造和发挥。在我拍电视连续剧《西游记》前，父亲专门为我拍摄了上千张动作照片，但不要求我刻意模仿，而是根据电视剧的表演特点，把精气神融入剧中人物。父亲经常讲一句话"观众永远是我的良师益友"，继承传统，不断创新才是演员神圣的职责。

今天，父亲离开我们整整半个月了。作为儿子，我有很多话想对父亲倾诉，但我无法用简单的言语去总结我父亲的一生，就像《西游记》中的孙悟空，历经了九九八十一难，终成正果——斗战胜佛。在我的脑海中，千言万语汇成四个字"金猴宗师"，这寄托了儿子对父亲的无尽哀思，也是海内外观众对父亲艺术上的最高评价。

父亲对绍剧事业充满信心和期待，对年轻的演员给予了诸多的传授和培养，希望把一生钟爱的绍剧艺术发扬光大。我有信心和绍剧同人们一起努力，继承父亲的遗愿，在各级领导的关心、重视、支持下，把周恩来总理、鲁迅先生的家乡戏——绍剧发扬光大，再创辉煌。

去去逾千里，悠悠隔九天。敬爱的父亲，您安息吧！您一路走好！来日，我们再演《父子美猴王》！

2014 年 2 月 16 日

章金莱

《真假美猴王》演出结束，师傅六龄童现场指导学生郭骏动作
1983年

左：父亲生前致力于年轻演员的培养，《真假美猴王》演出结束，父亲现场指导学生郭骏动作

右：父亲生前在辅导中国京剧院演员侯正仁，他身体力行，要将中国传统文化绍剧发扬光大

4．难忘父亲，专题纪念

2015 年 4 月 30 日，我参加了中央电视台国际频道《中国文艺·向经典致敬》栏目之"六龄童专辑"的录制，节目专门请到李万春先生之子李卜春先生，堂兄七小龄童、小七龄童，通过他们的讲述和表演缅怀父亲。栏目组还专程前往江苏淮安吴承恩纪念馆、美猴王世家艺术馆、西游乐园及上海六小龄童艺术馆等地拍摄，并且到上海京剧院采访了中国戏剧家协会主席尚长荣先生，梅兰芳先生的幼子梅葆玖先生写了短信，请节目组代为转达。

节目最后的致敬词这样写道：如果说当年吴承恩的一部《西游记》使神魔皆有了灵性，而他在戏曲舞台上塑造的美猴王则让我们坚定了正义终将战胜邪恶的信念。如果说理想中的孙悟空，面对妖魔有七十二变，而现实生活中的他面对艺术却只有冬练三九、夏练三伏这唯一不变的法则。传承民族文化，光大戏曲艺术，历经千锤百炼，铸就金猴美名。因为有了他，此去西游的路变得更加精彩与生动。

附梅葆玖先生的短信：

怀念章宗义六龄童先生

六龄童的大名是我少儿时期在上海家里我父亲经常对我说的，我父亲说他是南方美猴王。

章宗义先生是绍剧艺术的一面旗帜，在艺术上一丝不苟，非常热爱舞台，他作为艺术家心里始终有观众、有舞台、有人民，没有因为时代的前进、社会环境的变化而变化。他的一生是执着的一生、奉献的一生、辉煌的一生。他塑造的孙悟空形象深入人心，能被几代人铭记。

章宗义先生和我们京剧的北猴王、京剧表演艺术家李万春先生都是我的良师益友，值得我们永远的怀念。

向他们致敬！

2016 年 1 月 8 日，我参加了在江苏淮安吴承恩故居内的美猴王世家艺术馆举行的"猴王世家"铜像落成揭幕仪式。

2017 年 2 月，《光明日报》记者、《美猴王——六小龄童的艺术与爱情》的作者之一武勤英女士寄给我一组该报摄影记者吴力田拍摄的照片，这是父亲 80 年代中期来京参加政协会议接受《光明日报》采访时所拍，对我来说是珍贵的纪念。

20世纪80年代，父亲来北京参加政协会议接受《光明日报》采访时的一组照片，父亲为发扬中国传统文化贡献了坚实的力量，他的一颦一笑、一动一静都留存在我们的记忆中，我们永远怀念他

大师相交
三生有幸

1. 得道于盖叫天先生

1953 年春，在西湖边的大华饭店，京剧表演艺术大师盖叫天先生在北京获荣誉奖后返回杭州，父亲特地赶去向他祝贺。刚一见面，还没聊两句，父亲就变成了盖老的"小粉丝"，为之倾倒。

盖叫天先生喜欢静坐沉思，但是，交谈的时候会不自觉地手舞足蹈。他给人的印象是谦逊，无论对方说什么，都会表示出自己很感兴趣，让人觉得和蔼可亲。他说话比较直接，声音洪亮。在父亲面前，他就像个长者。

那次见面，也是让我的父亲终生难忘的。当中间人向盖老先生介绍我父亲之后，他随即迈着台步走过来，挑起大拇指对父亲说："绍兴大班不错！武功很好！"他说话就像在念台词，节奏深沉，还带有韵味儿，听来很有意思，一点儿也不会觉得做作。

夸完我父亲，盖老继续说："我看过你们演的武戏，在庙台里演，那些武功演员是出手翻的，没有蹉步。在小台上演《战宛城》《挑华车》这样的大戏，演员们竟能在四张桌子上边甩下'壳子'，下边是硬台板，更无地毯，演武生的还穿着皮袍子，腰间系一块围巾，脚穿钉鞋就翻跟斗，

京剧泰斗盖叫天与绍剧宗师六龄童

中国戏剧家协会浙江分会第一次会员大会开幕，浙江省剧协主席盖叫天与时任副主席的父亲合影，摄于 1957 年 8 月 19 日，杭州

勇敢得很哪！"

　　盖老一口气把这些话说了出来，语气非常真诚，可以听出来他是从心底里佩服绍剧演员的真功夫。

　　那次拜访时，盖老讲了很多演戏的话题，还谈到了他的一些逸事。例如，一次表演他把脚后跟摔断了，没想到碰到了一个庸医，把骨头接歪了，他一狠心打断接缝，并重新找医生接上，等腿伤痊愈后重上舞台。最令父亲印象深刻的是盖老谈李太白醉酒那场戏。李太白喝醉了，骑马上台，手握鞭子东摇西晃，显示出酒醉的样子。"这就错了！"盖老停下来说，"怎么可以这样演呢？要知道你是骑在马背上，人醉马不醉呀！东摇西晃的，连人带马不是全醉了吗？"然后他向所有人示范：太白醉醺醺地握着鞭子上台，上半身微微摇摆，下半身却仍然稳定，就这样边唱边舞，这样的表演才能让观众看到人醉而马不醉的状态。

　　这也许对盖老来说是一个很小的例子，但深深地触动了我的父亲。这样精妙的经验之谈，是很多演员一辈子都觉知不到的。盖老的精妙之处在于他能仔细观察生活，认真地分析研究剧本，并将其生活经验合理地运用到舞台上，使得表演动作不受制于程式，也符合生活的逻辑。

　　从那时起，父亲便把盖老先生当作自己的前辈和老师。只要到了杭州，父亲就会去盖老金沙港的住所拜访，听他讲戏，每次一聊就是两三个小时。父亲还多次邀请盖老观看自己的演出，盖老每次都欣然前往。父亲演的绍剧与京剧的风格、形式有很多相似之处，盖老对此很感兴趣。中国戏剧家协会浙江分会成立后，盖叫天先生与父亲分别任主席、副主席，父亲因此有了更多接触、请教盖老的机会。

　　父亲请盖叫天老先生观看自己的表演，当然是想得到他的提点。有一次，父亲请盖老观看了《孙悟空大破平顶山》。

在这场戏里，父亲有很多独创的设计，例如，在出场时的"走边"，最开始表演中的耍棍都很程式化，父亲就从戏剧情节出发，设计了很多舞蹈动作，将耍棍与披荆斩棘、清理道路结合在一起。但是，这样的设计似乎有取悦观众之嫌，而且让人看了，会觉得孙悟空在显摆，生怕人家不知道他会耍棍子似的。

盖老看过之后，先肯定了父亲的创新，然后毫不留情地指出了存在的毛病。他一针见血地说："形多则神少，且形似往往不如神似。两者必须兼备，方可将孙悟空演活。"他从耍棍子说起，说父亲虽然赋予了棍子一定的生命内涵，但不是六龄童在耍棍子，而应该是孙悟空在耍棍子。

从头到尾，耍棍子都不能与猴形猴相及特定的环境分开。不要以为棍子在手中就可以随心所欲，一股脑儿地把大刀花、面花、转身花、绕花、背花、左右抛花、单手戏花等棍花都用上，这仍然是为表演耍棍而耍棍。盖老还说，耍棍首先必须交代清楚周围的环境。孙悟空背棍出场，不断眨眼，手搭凉棚眺望远方，环境气氛已经点明，一通棍花之后才会显示逢山开路的情境，动作的目的性也就明确了。

至于运用眼神，演员的一脸之戏在于眼，孙悟空的眼睛是火眼金睛，是与众不同的，因此孙悟空的眼睛是最传神的，不能不眨，也不能乱眨，就像耍棍子一样，不能不耍，也不能多耍。眨眼、耍棍都必须用在关键时刻，根据剧情需要用得恰如其分，使用过多舞台节奏太乱，而且动作会重复。要想获得真正的剧场效果，就要琢磨动作的多少、节奏的强弱，要从角色的内心出发。这次交流后，父亲对盖老更加崇敬，经常登门请教。

盖老告诉父亲，演员演戏时切忌照葫芦画瓢、生搬硬套，要多动脑筋、推陈出新，才会形成自己的风格。随着二人交往深了，盖老还向父亲讲

梅兰芳先生，京剧旦角，四大名旦之首，
创立"梅派"

梅兰芳先生出演《生死恨》时的剧照，
他演绎了韩玉娘这个普通中国妇女的
苦难遭遇，表现出整个民族遭受的离
乱之痛

起了自己为京剧大师梅兰芳先生配戏的
经历。

盖老和梅先生都是德高望重的中国
戏剧表演大师，而且他们还是密友。一
次，梅先生表演《霸王别姬》，请盖老
与他配戏。本来盖老可以一口答应的，
但他觉得自己个头不够高，与梅先生配
戏不合适。但老朋友邀戏，不好推辞，
他只能同意，另想办法。为了弥补自己
身高不足的问题，盖老受门神菩萨画像
的启发，先做了一顶与众不同的宝塔盔，
盔上边层层叠高，很像寺庙的金顶，戴
在头上时个子显高，美观且威武。此外，
盖老还往自己的身上打主意，他背起弓
箭，将宝剑和钢铜插上，缠上霸王枪，
并在腰间插了令旗。经过精心的装扮，
盖老的整个扮相看起来高大威武了起
来。

聊起这件往事，盖老毫无保留地告
诉父亲，其实那个戏应该请个子高、有
一副天生好嗓子，人称"活霸王"的金
少山为梅先生配戏，这样才珠联璧合。
自己去配戏，就要学会扬长避短，既要
在扮相上改观，也要在表演上出彩，这

样才能赢得观众的喝彩。盖老幽默地说，他这是为梅先生开路，抛砖引玉，让观众更关注梅先生的绝活儿。

这个故事教会了父亲，作为一个演员，要对自己有充分的认识，知道如何取长补短，知道如何在实际艺术创作中"藏拙"，不要因为自身的不足拉低整部作品的艺术水平。

盖老的"霸王盔"一直深深印在父亲的脑海中，这使他想起小时候在上海的剧场看盖先生演戏的情境。那次是父亲第一次看盖老表演《闹天宫》，其中印象最深最精彩的当数"狗咬孙悟空"的部分。即使过了若干年，父亲回忆起来，依旧记忆犹新。还记得，戏演到结尾，一条真狼狗冲上了舞台。它穿着写有"哮天犬"三个大字的红色背心，突然跳出来奔向孙悟空，咬住了孙悟空的小腿。这时大幕降下，戏也结束了。

看到真的狗上台并真的咬了孙悟空，父亲直呼"太震撼！太震撼！"演出结束后，父亲一直在想这到底是怎么回事？这个谜团隐藏在父亲心中很多年，直到认识了盖老才被解开。

盖老说，那时他养了一条狗，每天喂好吃的给它，还给它下指令，训练它。演出当天，他把狗关在笼子里饿一天，等到狗要上场的时候，盖老提前在脚上戴上皮绑腿，外面再绑一块牛肉，然后走到笼子前让狗闻，让狗知道它最想吃的这块牛肉在他的脚上。戏演到结尾，二郎神"扑虎"，孙悟空从空中蹿出，同时哮天犬也蹿了出来，一口咬住孙悟空腿上的牛肉。看到这个场景，不明真相的观众只会认为，是哮天犬咬住了孙悟空！哪里知道，这是演员为了这个场景设计的小心思。

现在想想，盖老的方法真有趣。尤其是在那个年代，演员们唱的是老调子，演的是老路子，师父教什么学徒们就做什么，根本不敢创新。盖老却用自己的行动创造了新的演出方法，实在难能可贵。

2006 年 10 月 22 日，我们父子俩拜谒盖叫天先生故居

听父亲讲，20 世纪 50 年代中期父亲在杭州演绍剧《龙虎斗》时请盖老来看戏，盖老观看后给予了很好的评价与鼓励，说："我们京剧也有这出戏，叫《下河东》，你们的改编演出都非常成功，尤其是你的出场很有特点，祝贺你们。"

2018 年 12 月 22 日冬至，我冒着霏霏细雨，在京剧艺术大师盖叫天先生之孙、著名京剧表演艺术家张善麟先生的陪同下瞻仰参观了位于杭州金沙港的盖叫天先生故居。

盖叫天故居又名燕南寄庐，系盖叫天先生于 20 世纪二三十年代置地建筑。故居由门厅、正厅、后厅、左右厢房、佛堂等建筑组成，保持着青瓦白墙的典型江南民居建筑风格。故居内陈列着盖老遗物达 200 余件，展示了盖老的从艺生涯及艺术成就。2003 年，盖叫天故居按原貌修复，陈列盖叫天先生遗物和图文资料，2003 年 10 月 1 日对外开放。

2006 年 10 月，我曾与父亲参观过盖叫天先生故居，这次独自再来瞻仰参观，依然有收获，依然很激动。

2. 忘不了周信芳先生的勉励

　　父亲早年在上海看过周信芳先生的戏，但真正认识周先生是1949年之后的事情了。

　　周信芳先生艺名麒麟童，上海人称其为"麒老牌"，他的名字家喻户晓，父亲看过他的《武松》《文素臣》《斩经堂》等许多戏。周信芳先生艺术造诣极高，表演非常精彩，且没有名角的架子。和父亲相识之后，他经常忙里偷闲，来看父亲的绍剧演出。

　　周信芳先生看过同春绍剧团的《斩经堂》《二堂放子》等，每次都是专程来看，可以看出周信芳先生对绍剧的重视，为此绍剧演员们都很钦佩他。

　　绍剧《斩经堂》由筱芳锦先生主演并采用传统方式演出，吴汉于大脸，三块红，额头上画了太极图，脸涂成红色，穿着红靠。周信芳先生看过后，认为这个装扮不是很合适，对传统继承不应该不求甚解、因循守旧。为了让这部戏更加生活化，他在表演《斩经堂》时对吴汉的装扮和表演进行了许多改动。他扮演的吴汉穿着绿色的靠，扮的是红脸，取消了太极图，画着五颜六色的眉毛，还加了马夫。新的《斩经堂》摆脱了旧戏的路子，

左：周信芳先生在《宋士杰》中剧照，
他演绎了明代讼师宋士杰为民申冤、
行侠仗义的故事，赢得人们普遍的赞
扬和广泛的传颂
右：周信芳先生，京剧表演艺术家，
京剧麒派艺术创始人

人物性格更加鲜明，整部戏也更好看了。周信芳先生勇于探索的精神给父亲留下了深刻的印象。

还有一件事，是父亲永生难忘的。

1960 年，父亲在上海天马电影制片厂拍完《孙悟空三打白骨精》，制片厂后面正好开拍周信芳先生的《乌龙院》。一天，父亲带着二哥小六龄童去拜访周信芳先生，周先生连连称赞道："绍剧能够搬上银幕，可喜可贺！这是戏剧界的光荣。《孙悟空三打白骨精》的样片我已看了，拍得很成功，肯定会受到观众的欢迎。你们比我们早走了一步，不简单哪！"父亲说："这都是向京剧学习的。""客气！客气！"周先生接着说道："这出戏绍剧的风格很浓。尤其是悟空的念白，抑扬顿挫，非常有力。"周信芳先生的话过誉了，其实父亲的念白深受周先生的影响，他经常将麒派的节奏感融合进绍剧念白的特色中。

周信芳先生还与我已故的二哥小六龄童握过手并合过影，遗憾的是他们的合影照片下落不明。

3. 关良先生和悟空戏

提起关良先生，熟悉他的人都知道他是以戏曲人物画而著称画坛的艺术大师。

关良先生 1900 年 12 月 30 日生于广东番禺，1917 年赴日本学习油画，1923 年回国，任上海美术专科学校教授，参加过北伐战争，任政治部艺术股长，20 世纪三四十年代辗转于广州、上海、重庆等地的艺术院校任教，并于名山大川中旅行写生，长于中国画、油画。关良先生曾任浙江美术学院教授、上海中国画院画师，著有《关良艺事随谈》《关良回忆录》，出版了《关良京戏人物水墨画》《关良油画集》等画集。

父亲对关良先生的画特别偏爱，尤其是关先生画的孙悟空。关先生寥寥数笔就能逼真地勾勒出孙悟空的神态，令人称绝。父亲认为，虽然作画同演戏的表现手法不同，但是构思立意是共通的。绘画依靠直接性的形体描写来刻画人物，而关先生的戏曲人物画的妙处在于他能抓住人物的特点与精髓。画布上的人物活灵活现，人物的故事在方寸之间扑面而来。

在《孙悟空三打白骨精》的高潮部分，孙悟空见白骨精三度变幻，骗取唐僧信任，怒不可遏。父亲在表演中一把抓住白骨精，来了个绕花、抬腿，将棍子高高举起，握"上七下三"之处，一来一回，使棍棒极力抖动，形成一个怒打白骨精的生动画面。与此同时，这一招能使观众感受到金箍棒的千钧之力。

父亲的这段表演吸取了关良先生创作的《孙悟空三打白骨精》的精髓。关先生的这幅画中，孙悟空腾空飞升在云头上面，手执金箍棒，眼睛似利剑般怒视着白骨精。而白骨精已披头散发，一把宝剑失手落地，只拿另一把宝剑负隅顽抗，显得异常狼狈不堪。虽然这是一个静止的画面，但看过画的，都能感受到孙悟空与白骨精正在展开一场生死的决斗，打斗的紧张感扑面而来。在创作过程中，关先生有意将孙悟空手里的金箍棒画弯，父亲反复看过这幅画，从中领悟到关先生的创作用意，因为金箍棒弯了能才显出千钧的力度，读者便能由此联想到这一棒打下去的分量。如果将孙悟空手中的金箍棒画得笔直，就显示不出力量感，看上去只会觉得轻飘飘。

1980 年，父亲在上海城建会堂演出《火焰山》，邀请关良先生来看

关良先生的画作，孙悟空和白骨精之间生死决斗的紧张感跃然纸上

戏，谢幕时关先生走上台来表示祝贺，二人合影留念。演出结束后，关先生还盛情邀父亲去他府上做客。

几天后，父亲应邀登门拜访。关先生非常好客，对父亲主演的《火焰山》倍加赞赏，说这出戏妙趣横生，别开生面。接着又谈到，他前些年画的那幅《孙悟空三打白骨精》是看了电影《孙悟空三打白骨精》之后萌发的创作灵感，现在见到真猴王了，决定再另作一幅。关先生还表示，看完父亲演的《火焰山》，

他打算以父亲创作的孙悟空为原型，再画一幅《悟空借扇》。

不久之后，关先生如约把这两幅画寄给了父亲，父亲喜出望外，爱不释手。

令父亲惊讶的是，两幅画中孙悟空的状态完全不同，简直不敢相信是同一个人所画。在《孙悟空三打白骨精》中，孙悟空咬牙切齿，双目怒视，似要把白骨精打个粉身碎骨；而在《悟空借扇》中，面对铁扇公主，孙悟空则流露出一种恳求的神情。画笔下的两种神态栩栩如生，让读者一眼就能区分孙悟空的对立面，一个是令人憎恶的妖怪白骨精，一个是有些旧交的嫂嫂铁扇公主。关先生在创作过程中，对孙悟空所处的画面构图也做了独特的设计：《三打白骨精》里的孙悟空居高临下，而《悟空借扇》里的孙悟空屈居于铁扇公主左下方。这两幅画不但逼真传神，而且刻画出了孙悟空在典型环境中的典型性格。这两幅画让父亲再次感叹：关先生果然名不虚传。

如同有了演员的语言才有戏剧艺术一样，关先生通过他的人物设计和绘画笔触传情达意，使孙悟空这个形象充满了生命的活力。每当父亲看到这两幅珍贵的画作，对关先生的感激之情便油然而生。

1981年，关良先生和浙江绍剧团等剧组人员合影，后排左三是关良先生，左四是父亲

4. 动画大师万籁鸣带来的灵感

中国动画之父、艺术大师万籁鸣先生是中国动画鼻祖万氏三兄弟之一，也是我们父子俩都崇敬的人，父亲总是把他称为"出色的魔术师"。

父亲非常喜欢看万籁鸣先生的动画片，尤其喜欢《大闹天宫》。片中的孙悟空若是性子上来，棍棒一弯，头一歪，开始发脾气："吃俺老孙一棒！"说完，他举起棍子便打，动作敏捷、干脆、利落。父亲曾花费大量时间去设计模仿孙悟空的某个动作，为此他非常钦佩万籁鸣先生如此精彩、精确的动作设计。

父亲曾于中华人民共和国成立前看过万籁鸣先生画的中国第一部也是亚洲第一部有声动画长片《铁扇公主》，这部动画片是彩色的，不过只有红色和绿色。画面拍到火焰山时，整个银幕都是红色的，芭蕉扇一扇，会变红一段时间，这是彩色动画片的最初阶段，不能与现在的动画片同日而语。虽然这部影片色彩单调，但并不能掩盖孙悟空丰满的形象。万先生所描绘的孙悟空的面部特征、孙悟空高兴与愤怒的微妙表情一直留存在父亲的脑海中。

在动画片《大闹天宫》中，有这样一个场景：孙悟空大喊"休作伥，吃俺老孙一棒"后，立刻飞上去，"啪"地一棍子打下来。父亲坐在银幕前看到这个动作，忍不住在心中喊道：这么强烈的节奏感，实在太过瘾啦！而且，每次看都是这种感觉。万籁鸣先生在设计动作和节奏时故意做了夸张处理，以此紧紧吸引观众的目光。万先生用他与众不同的技艺，营造了一个无忧无虑的动画世界，无论是谁，都会不由自主地落入他那变幻无穷的"魔术世界"中。

　　父亲认为动画与戏曲是没有界限的。万籁鸣先生的动画艺术广泛吸收了传统戏曲的表现手法，而父亲也将万先生的动画表现方式吸收到绍剧戏曲表演中，进一步增强了孙悟空动作的节奏感，并通过不断实践，创造了风格独特的绍剧表演流派。

　　在与万先生的交往中，父亲受益良多。得知父亲要拍摄绍剧电影《孙悟空三打白骨精》，万先生向父亲提了许多宝贵的建议。

　　首先，他认为这部戏应该具有绍剧的地方特色，音乐要有自己的风格。父亲告诉他，绍剧的伴奏乐器主要有笛子、斗子、板胡，以及大锣、大鼓。万先生说："好！尽量少用西洋乐器。"摄制组采纳了他的建议，没用任何西方乐器。与此同时，电影没有局限于绍剧惯常的伴奏乐器，还采用了不少的中国传统乐器。例如孙悟空出场时用了唢呐，唐僧出场时用了碗胡，猪八戒出场时用了逗管，而白骨精出场时则使用了阴森凄厉的目连嗐头。

　　其次，万先生认为行头必须有绍剧的风格。他说："孙悟空的火眼金睛要突出，线条清楚才容易表演。猪八戒要强调他的耳朵，大耳朵很有戏可做。"他还特别提醒父亲，白骨精必须具有独特的标志，她是骷髅变幻的，可以制作一个骨骼图，贴在白骨精的眉心上，唐僧也可以在他的眉心点红点以彰显他的青春和圣洁。按照万先生的建议，电影里这些角色的造型都有了自己的特征，从外在形象上做了区分，具有了各自的独特之处。

　　从某些方面来说，万老对绍剧发展做出了指导和贡献，绍剧演员们

万籁鸣先生与我的合影，在和他的交谈中，我受益匪浅

万籁鸣先生送我的画作，孙悟空腾云驾雾、活灵活现

都铭记他的教诲，感谢万老。

万籁鸣先生导演的动画片《大闹天宫》，我欣赏、学习过无数次，央视版电视剧《西游记》开拍之前及之后我曾多次拜访、请教万籁鸣先生，万老表示人演孙悟空要生动鲜活，《大闹天宫》的成功在于它继承了中国传统戏曲艺术。

《大闹天宫》的基础和灵魂是中国传统戏曲，在制作的过程口，万先生即使把它卡通化、动画化了，也依旧保留了很多戏曲的元素。比如说，一些亮相动作的设计参照了戏曲里的出场，并在此基础上做了动画卡通处理。动画片《大闹天宫》的音乐也借鉴使用了中国传统戏曲的曲牌，用的是打击乐。给孙悟空配音的是已故配音大师邱岳峰先生，他的配音为动画片注入了灵魂。他配出的那种音色、音调等，让人觉得那不是小猴子，就是美猴王。一句"玉帝老儿"既有生活化的味道，又保持了传统戏曲的韵味。直到今日，我还记得万老对我的嘱托，他希望我在人物性格的刻画上多下功夫，充分吸取戏曲猴戏的特点，在传统程式化的基础上做生活化处理，这些对我演电视剧是非常有启示意义的。

万老还画了一幅《金猴献桃》图送给我，鼓励我把《西游记》拍好。1993年我拍电视剧《猴娃》时万籁鸣先生又题字"为弘扬民族文化多做贡献"。

5. 和艺术大师刘海粟的情谊

绘画艺术大师刘海粟先生与我父亲很熟。20世纪70年代末，我父亲每次去上海、南京演出《孙悟空三打白骨精》《大闹天宫》《火焰山》，都要请刘老来观看。刘老不仅认真看戏，还送给我父亲很多珍贵的墨宝。我在拍电视剧《西游记》时，曾专门拜访刘老不下十次。

刘老给我讲中国猴戏，从杨小楼、郝振基、张翼鹏、李万春、李少春到我父亲，讲他们的艺术风格，讲他们创造的人物特点，并希望我创造一个新的荧屏美猴王。后来，刘老把我们的谈话写成《和六小龄童谈猴戏》，发表在江苏的《青春》杂志上，这篇文章被我们制成铜版存放在淮安美猴王世家艺术馆。刘老多次给我题词，1982年在钓鱼台国宾馆，我要去锡林浩特拍《官封弼马温》，他给我题词"战马若龙虎，腾陵何壮哉"。他还给我题过"西游之路"。

《西游记》全部拍摄完成后，我与父亲专程去拜访刘老，刘老对我表示祝贺和鼓励，给父亲画了一只老鹰并题词"神乎其技"，还给我专门题词"后来居上"。本来还要写些什么的，却停下了下来，只题了赠语和落款。

我们与刘海粟夫妇合影留念，两家其乐融融，情意深重

刘海粟先生题字

　　后来他告诉我，他原本后面要写"天下第一"，但考虑到我还年轻，不宜这样写。电视剧《西游记》给我带来了很多的荣誉，观众给予了我很多的肯定，但就像《西游记》的主题歌唱的那样——"敢问路在何方，路在脚下"，我的路还很长，我还需要创作不辍。刘老的"后来居上"一直激励着我，不断进取，永无止境。

附刘海粟先生刊于 1987 年 9 月《青春》杂志的文章：

和六小龄童谈猴戏的表演

作者：刘海粟

（原文载于 1987 年 9 月《青春》杂志）

　　导演选你去扮演孙悟空，你难免会感到意外和不安，希望你把这种情感化为动力，研究好角色；将来有了成绩之后，仍然保持这种不安，就会谦虚谨慎，不让掌声拍昏头脑，从而向高峰攀登，对戏曲和电视两项表演艺术，做些创造性的发展。几千年来，毁于骄傲的人不胜枚举。有才反为才华误，不花真气力会变成昙花一现，这是"秘密"，也是规律。

牛顿说过："我之所以比前人看得远一点，是因为我站在巨人的肩膀上。"猴戏的表演也是几代人的积累，其中包括你父亲五十年在取经路上付出的辛勤劳动。假若你生在与戏剧无关的家庭，即使有一定表演能力，也未必有脱颖而出的机会。

前几代艺术家，从杨月楼、杨小楼、盖叫天、郑法祥、李万春、李少春、厉慧良，在猴戏上都下过功夫。他们从人模仿猴子入门，经过长期探索，逐渐演出了猴子模仿人的高度，取得这个飞跃，花了将近百年岁月。今天，你能借鉴的东西就很丰富。

孙悟空这一形象，在你父亲的演出中有了进步，把技巧方面的东西（当然也很重要）放到了第二位，用较多的场面去表现传统的有悲剧意味的内容——忠而见疑上。如果说《比干剜心》《黄飞虎反五关》《廉颇被谗》《伍员自刎》《屈原》《九江口》等剧目表现的是暴君、昏君、懦君、辟君与忠良的矛盾，这类反面人物酿造的悲剧属于正常。《三打白骨精》之妙在于唐僧是正面人物，他站在迷惑他的白骨精一边来折磨孙悟空，出于善良动机，主题是深化了。忠者受疑，被疑者最后还忠，"识得贞心岁已寒"（涂匀僧句），任劳任怨，有一定哲理。前辈名家没有机会接触到这样主题。任何武打特技，也不能具有如此深度。这正是你父亲的幸运。

当然，戏是娱乐，让人民在健康的笑声中，获得艺术享受与休息，也是好事，不必每个剧都具有哲理性。

除了向前辈请教，你千万不要忽略了另一位老前辈——吴承恩先生，他的《西游记》是源头活水，要反复去读，耐人精读。

有了一点阅历之后，看《西游记》的兴味会逐渐削弱，觉得许多磨难有些凑数和重复，风景描写也有些套语。这种看法并不深刻。有些妖怪未尝不是世态的反映，有些段落可以看作讽刺之作。但也不可当索隐家，硬要穿凿附会，去寻找微言大义，以为句句话都有潜台词，那就自找苦吃了。写风景的套话，在古人是炫才，看看也可以丰富语气，并无坏处。

孙悟空的折子戏好演，系列片很难。就武打而言，大闹天空已经使出全身武艺，后来磨难虽多，大圣的性格一直都有所发展。为此，你要有一个总体设计，避免程咬金的三斧头之后没有鲜招儿。在技巧上有个完整结构，苦乐张弛，起伏跌宕，就能主动创造。

演员难成名，成名后艺术上的发展更难，你要做个有心人，天外还有青天。掌握程式，将程式生活化是难题，也是愉快的源泉之一。

为了吸引观众，噱头、市民趣味、增加女演员的戏（原著中比例极少）都有必要。自己的格调要高，气质要美，还要有整体观念，不抢他人的戏，多在质上动脑筋。

电视的表演空间，在处理中近景时已经比舞台小，到拍特写大特写时，活动余地更有限。要注意形象前后的统一、连贯，但也不要僵化在少数几个架式上，拍摄的角度可以多变，以免单调。

6. 从连环画《西游记》中汲取养分

　　我们父子俩都非常喜欢的赵宏本先生，他是中国现代连环画家，他的作品被誉为"上海连环画之首"，是连环画的鼻祖。他与沈曼云先生、钱笑呆先生、陈光镒先生并称民国连环画"四大名旦"，他的许多作品被推荐到海外出版发行，受到各国人民的喜爱和赞扬，并多次荣获国际大奖。

　　1960 年秋至 1962 年 6 月，赵宏本先生和钱笑呆先生合作绘制《孙悟空三打白骨精》，用极其精湛的笔法，将一个疾恶如仇、矢志不渝、勇于反抗、见恶必除、除恶必尽、火眼金睛、七十二变化的孙悟空描绘得活灵活现、有血有肉。在创作中，他们把虚构的神话故事和朴实的现实生活结合起来，使作品充满浪漫主义的奇思妙想，为我们塑造出孙悟空、唐僧、猪八戒、沙和尚等一系列近乎完美的艺术形象，直到今日，广大读者对这套连环画依然津津乐道。

　　这部连环画曾荣获 1963 年第一届全国连环画绘画一等奖，1983 年联合国教科文组织亚洲文化中心举办的世界儿童画插图比赛三等奖。

　　这些年，连环画渐渐淡出读者的视野，但连环画《孙悟空三打白骨精》自出版发行至今依旧受到读者的欢迎。近年来，连环画《孙悟空三打白骨精》人物形象的各种周边产品又频频出现，比如盘子、台历、挂历等。而且，《孙悟空三打白骨精》连环画被翻译成英文、德文、法文、泰文、日文等多种文字对外发行，影响力向世界各地辐射。

我收藏有一本赵宏本先生、钱笑呆先生画内文，刘继卣先生画封面的《孙悟空三打白骨精》，三位连环画大师联袂创作的这本连环画成为难以超越的经典作品。

我在拍央视版电视剧《西游记》时多次去赵宏本先生家中拜访。记得第一次去他家时，他给我讲了《孙悟空三打白骨精》的创作过程。他说，为了把作品画好，他从戏曲、影视、同类作品中汲取养分，以此塑造出造型独特、线条优美、性格突出的人物形象，尤其是每一页静止画面情节和情感的内在联系。赵先生希望我多吸取戏曲艺术的精华，根据自身的特点和优势塑造出独特的荧屏美猴王形象。赵宏本先生还开玩笑地说，我在《智激美猴王》中披的红斗篷及一些动作是脱胎于他的《孙悟空三打白骨精》连环画，应该付他稿费。

我和父亲经常去拜访赵宏本先生，从他创作的连环画中，我吸取了许多精华

猴王世家

己卯夏 赵宏本年八十五

左上：赵宏本先生赠画
右上：父亲在业余时间，也喜欢作画，装点生活
下：赵宏本先生题字

赵宏本先生塑造的人物生活气息很浓，虽然来源于戏曲舞台，但高度提炼后便可回归生活。《连环画》的人物生动传神，富有灵气，山石树木、妖魔鬼怪也无不细腻自然、栩栩如生。

小时候看《孙悟空三打白骨精》连环画主要看故事，长大后看《孙悟空三打白骨精》连环画会关注孙悟空的喜怒哀乐、师徒四人的关系，以及三打白骨精时各角色的情绪走向。绍剧电影《孙悟空三打白骨精》和连环画《孙悟空三打白骨精》都是我们传统文化中的瑰宝，在电视剧《西游记》中都被灵活移植，并被影像记录下来。

1998年，我与父亲去拜访赵宏本先生，他根据我俩在舞台上表演的剧照画了一幅父子美猴王的画。2000年5月19日，赵宏本先生因病逝世，这幅画成为了他的千古绝笔。

7. "三毛之父"的猴王情结

1982 年年初，我接到拍央视版电视连续剧《西游记》的任务后，父亲带我拜访了中国当代漫画家张乐平老先生。提起漫画人物三毛，可谓家喻户晓，张乐平先生所创作的三毛形象，影响了几代读者，他也被誉为"三毛之父"。

张乐平先生毕生从事漫画创作，画笔生涯达 60 个春秋。他所创作的三毛形象诞生于 1935 年春夏之交的上海，其奇特的造型立即引起广大读者的注意。1946 年，《三毛从军记》在上海《申报》发表，引起轰动。第二年，另一部传世之作《三毛流浪记》在《大公报》连载，激起社会强烈反响。

张乐平先生拥有一颗童心，创作出"三毛"这个漫画人物，陪伴中国几代人成长

张乐平先生的艺术成就是多姿多彩的,除了画漫画,他的年画、插图、速写、素描、水彩画、剪纸、国画都达到了很高的水准。

张乐平先生为我画过一幅三毛坐在金箍棒上遨游天宫的漫画,他将这幅画送给我,希望我扮演的荧屏美猴王成功。1986年春,《西游记》前11集播出后,张老又给我画了一幅三毛献红领巾的漫画,还题写了"祝贺六小龄童同志演出大成功"。

我从小就听父亲讲张乐平先生的故事,也看过他的漫画《三毛流浪记》《三毛从军记》等,央视又推出了以"三毛"为原型的111集大型电视动画系列片《三毛》。希望三毛是一个永恒的、不老的三毛,我们会永远记住"三毛之父"张乐平先生对中国民族漫画做出的巨大贡献以及三毛留给我们的悲喜人生。

张乐平先生赠画

8. 萧乾先生对《猴娃》情有独钟

1994 年 6 月 24 日，我在著名儿童文学家严文井先生的女儿——严欣久女士的带领下，专程看望、拜访著名作家、翻译家萧乾先生。

萧老闲暇时喜欢看电视剧，特别喜爱《猴娃》，曾经写过一篇《〈猴娃〉好看》的文章发表于 1994 年 6 月 12 日的《戏剧电影报》。

我是《戏剧电影报》的热心读者，看到署名萧乾的《〈猴娃〉好看》的文章时，不免心存疑惑：像萧老这样德高望重，在文学界、翻译界享有盛誉的学者，不可能亲自为《猴娃》这部儿童电视剧写文章，我以为这可能是同名同姓的人写的。

读了文章之后，我感到这篇文章篇幅虽短，内涵却非常丰富，把《猴娃》剧组表现的艺术手法及目的几乎全谈到了，若非行家绝写不出这么有分量的文章。我不再疑惑，确认这篇文章就是萧老所写，便专程前去拜访萧老，感谢他对《猴娃》的支持，以及对绍剧的赞美。

我紧紧地握住萧老的手，向这位老前辈送上描写我与已故的二哥小六龄童童年生活的传记小说《猴娃》、电视剧《猴娃》的首日封，及我个人的几张影视剧剧照。

拍《猴娃》时，父亲对我做了许多指导，才有了《猴娃》的精彩呈现，进而有了一代又一代的传承

萧老对我说："《猴娃》应翻译成外文，把我国优秀的传统文化介绍到国外去，一定很叫座。"

我说："已经翻译成英文了。当初《西游记》一拍出来，许多人想了解我们'猴王'家族的家事。大家以为我们这些演猴戏的一定整天嘻嘻哈哈的。很少人知道我们一家人为演猴戏付出的代价。《猴娃》记录了我早逝的哥哥，实际上，我失去了两个哥哥，我们'猴王'三代人付出的是生命的代价。"

萧老问我现在在哪里工作，正在拍什么戏。我向萧老介绍说我已于1988年调入北京，现在在中央电视台演员剧团工作，目前正在筹划拍一部有关清末民初武林高手孙禄堂的20集电视连续剧《孙禄堂》，我对演好这部电视剧很有信心。

交谈中，我谈到拍《猴娃》时四处筹款的艰辛，萧老鼓励我要咬牙坚持搞艺术。

最后，我拿出几张首日封，请萧老签字，萧老又在《戏剧电影报》上他写的文章旁边写下了"《猴娃》好看 萧乾"几个字。

萧乾先生还为同春绍剧团题写了"同春堂"。

萧乾先生1999年2月11日去世，已经离开我们二十多年，但他的音容笑貌始终萦绕在我的脑海，令人难以忘怀。

附萧乾先生原文（载于1994年6月12日《戏剧电影报》）：

《猴娃》好看

作者：萧乾

在地方剧中，我本来最喜欢充满风趣的川剧，如今，我又爱上绍兴戏。吸引我的就是不久前中央电视台播放的《猴娃》。

近来电视剧好像都在往长里发展。《猴娃》共只八集。这里既没有恋爱纠葛，也没有掏手枪的紧张场面。它只朴朴素素地描绘了一个以演猴戏闻名的绍兴剧团，主要演员是几个娃娃，最小的只有三岁！然而他们是多么可爱啊，满台翻滚的尽是些毛茸茸金黄色的小猴们，他们摇头摆尾，抓耳挠腮，而且忽而连翻跟斗，忽而表现更为惊人的绝技。看此剧真饱了眼福。

接触地方剧，第一个障碍是语言。如果边听边看打在墙上的字幕，就有点煞风景。《猴娃》表演的主要不是绍兴戏的唱功，而是把猴子的表情刻画得惟妙惟肖和这个剧种在武打方面的绝技。正是这样，我这个连一句绍兴话也不懂的人，竟然也着了迷。

与萧乾先生合影

此剧使我想到《早春二月》，也可能都是在绍兴城拍的。那满城桃花，小桥流水的江南景色真迷人啊。剧情自始至终都很感人，像为得到师父的爱偷金锁的情节，妮娜哭着不肯离开剧团，尤其天星夭折那场戏更是感人。连老虎娘舅都十分可爱。

《猴娃》虽然不是单纯的儿童电视剧，但我认为《猴娃》可以当作一出上好的儿童电视剧看。第一，它并不摆出教训儿童（或当父母）的架势，然而它却包含着深刻的教育意义，无论对儿童，还是对家长。它告诉孩子们，要成才，就得勤学苦练。猴娃们最可爱的是他们那份志气。通过剧团生活，我们看到了孩子们之间的团结友爱——例如让角儿。另外，父辈盼儿子成龙，开始要求过严，影响了父子之间的感情。经过多次冲撞，做父亲的终于懂得要在温爱的基础上施教。

希望电视剧都能像《猴娃》那样短而精彩，又富有教益。

永远怀念我的父亲